कुमार रहमान

Published By

Redgrab books Pvt. Ltd.

942, Mutthiganj, Prayagraj, 211003

www.redgrabbooks.com

contact@redgrabbooks.com

Price in india : 200/- INR

First published by Redgrab Books in 2022

Copyright © 2022 Redgrab Books Pvt. Ltd.

Copyright Text © 2022 Kumar Rehman

Printed and bound in India

Cover Design & Typesetting by Redgrab Books team

ISBN : 978-93-90944-92-7

समर्पण

माँ और पापा को समर्पित,
जिन्होंने किताबों को पहली बार मासूम हाथों में थमाया था।

भूमिका

जासूसी उपन्यास 'पीला तूफ़ान' को बेहतर बनाने में कई अहम दोस्तों का सहयोग रहा। मैं वरिष्ठ पत्रकार और लेखक दिनेश श्रीनेत जी का आभार व्यक्त करना चाहूँगा, जिनके सुझाव बहुत महत्वपूर्ण साबित हुए। वरिष्ठ पत्रकार और फ़िल्म गीतकार अन्नू रिज़वी जी का भी शुक्रिया। वरिष्ठ पत्रकार सचिन श्रीवास्तव, प्रिय मित्र फ़रहान सैफ़ी और फ़िल्म अभिनेता राहुल चौहान के साथ ही प्रोफ़ेसर यशपाल सिंह जी का भी आभार। आप सभी ने उपन्यास को रोचक बनाने में बेहतरीन सजेशन दिए।

लेखकीय

दोस्तों,

उपन्यास पीला तूफ़ान आपके हाथों में है। भारत में इब्ने-सफ़ी ने ही आधुनिक जासूसी साहित्य की बुनियाद रखी थी। वरना उससे पहले पाठकों तक ज़्यादातर अनुवाद किए हुए जासूसी उपन्यास ही पहुँचते थे। बाद के कई जासूसी उपन्यासकारों पर इब्ने-सफ़ी का ख़ासा असर भी रहा। यह असर आप को यहाँ भी दिख सकता है।

पिछले 25-30 वर्षों में टेक्नोलॉजी ने बहुत तेज़ी से विकास किया है। अब शर्लाक होम्स की बग्घी की जगह तेज़ रफ़्तार कारें हैं। ख़त की जगह मोबाइल और डीएनए जैसी चीज़ें हैं, लेकिन तहकीकात का तौर तरीक़ा अब भी चमत्कारी नहीं हुआ है। वह अब भी पुराने नियम-क़ायदों पर ही टिकी हुई है। उपन्यास में भी तकनीक और चमत्कार की जगह तफ़्तीश और तर्क को अहमियत दी गयी है।

बड़े फ़लक का उपन्यास होते हुए भी 'पीला तूफ़ान' में चरित्रों की भरमार नहीं है। कम चरित्रों के साथ कहानी की बुनावट मुश्किल ज़रूर होती है, लेकिन इससे रोचकता बढ़ जाती है। उपन्यास में अश्लीलता, फूहड़पन और बोगसबयानी से बचा गया है। नॉवेल में थोड़ा सा इतिहास भी है, लेकिन बस उतना ही जितना मुट्ठी में बची रेत।

आपको उपन्यास कैसा लगा, अपनी राय मुझे इस ई-मेल पर दे सकते हैं।
rehmanmasha@gmail.com

अनुक्रम

पीला तूफ़ान

वह शाम अजीब थी। शाम होने पर आसमान सिंदूरी हो जाता है या फिर अक्सर लाल। उस शाम ऐसा नहीं हुआ था। बादलों से भरा आसमान पीला-पीला सा दिख रहा था। शुरू में लोगों ने कुछ खास ध्यान नहीं दिया...जब यह पीलापन बढ़ने लगा तो लोगों की जिज्ञासा खौफ में बदलती चली गयी।

हर कोई आसमान की तरफ ही देख रहा था। लोग चलते-चलते रुककर ऊपर की तरफ देखने लगते। आसमान पर पीलापन बढ़ने लगा तो लोगों पर खौफ तारी हो गया। लोग छत की तलाश में तेजी से इधर-उधर पहुँचने की कोशिश करने लगे। बादलों का रंग इतना पीला कैसे हो सकता है भला !" हर किसी के मन में यही सवाल था।

लोगों के कुछ भी समझ में नहीं आ रहा था। तमाम लोगों के घरों से फोन आ रहे थे, उन्हें तुरंत घर आने के लिए कहा जा रहा था। कुछ वक्त गुजरने के साथ ही अब किसी की हिम्मत नहीं थी कि वह सड़क पर निकल भी सके।

लोगों ने घरों के खिड़की-दरवाजे बंद कर लिये, जैसे उन्हें डर हो कि यह वबा अंदर न घुस आये। बच्चों को बाहर न निकलने की ताकीद की जा रही थी। कुल मिलाकर पूरे शहर में अजब-सी सनसनी फैल चुकी थी। लोग ऊपर वाले से पनाह माँग रहे थे।

धार्मिक लोग 'ज्ञान' दे रहे थे, वह इसे भगवान और खुदा का कहर बता रहे थे। हालात यह थे कि हर कोई अपनी तरह से इस पर राय जाहिर कर रहा था।

“यह सब ग्लोबल वार्मिंग का नतीजा है।” एक रेस्टोरेंट के सामने बरामदे में खड़े लोगों में से एक व्यक्ति ने कहा।

“हाँ, जिस तरह से अंधाधुंध पेड़ काटे जा रहे हैं और प्रदूषण बढ़ता जा रहा है... तो यह दिन तो आने ही हैं।” एक दूसरे व्यक्ति ने हाँ में हाँ मिलायी।

“लेकिन प्रदूषण पीला होता है क्या?” तीसरे व्यक्ति ने सवाल उठा दिया।

इस सवाल पर खामोशी छा गयी। तभी पहले वाले व्यक्ति ने ठण्डी साँस लेकर जैसे बात खत्म करने की कोशिश की, “कुदरत पर भला किसका जोर है।”

कुछ देर बाद रात की स्याह चादर ने पीलेपन को अप आगोश में समेट लिया। हवा चलने लगी थी। साँय-साँय करती हवा कुछ देर बाद तेज हो गयी। रात के अँधेरे में ऐसा लग रहा था जैसे शहर में कई सारी बदरूहें घुस आयी हों।

कुछ देर बाद ही तेज बारिश शुरू हो गयी। बारिश काफी देर होती रही। नतीजे में देर रात तक जागने वाली सड़क धीरे-धीरे सन्नाटे में डूबती चली गयी। अब वही लोग आ-जा रहे थे, जिन्हें कोई मजबूरी थी।

लोगों को याद नहीं पड़ रहा था कि कभी ऐसा पीला तूफ़ान आया हो। लोग इसके बारे में जानने के लिए टीवी से चिपके हुए थे। न्यूज चैनलों पर सनसनी के सिवा कुछ नहीं था। चैनलों ने एक बात जरूर बतायी कि बारिश का पानी भी पीले रंग का था। हर तरफ इस पीले तूफान की ही चर्चा थी। जितने मुँह थे, उतनी ही बातें थीं। लोग तरह-तरह के अंदाजे लगा रहे थे।

सुबह होते-होते बारिश खत्म हो गयी और सुनहरी धूप निकल आयी। लेकिन सुबह जैसे एक नयी सनसनी का इंतजार था। शहर कोतवाली के सामने एक लाश पड़ी मिली थी... एक विदेशी महिला की लाश। इस लाश पर कोई भी कपड़ा नहीं था।

ताज्जुब में डालने वाली बात यह थी कि पूरे जिस्म पर पीला पेंट पुता हुआ था। कोतवाली के सामने लाश मिलने से पुलिस की काफी किरकिरी हुई थी। शहर में लाशें तो आमतौर पर मिलती ही रहती हैं, लेकिन यह शव एक विदेशी महिला का था, इसलिए मामला खास हो गया था। पुलिस कमिश्नर खुद मौके पर पहुँचा था।

लाश के इर्द-गिर्द लोगों की भीड़ लगना शुरू हो गयी और पुलिस उन्हें दूर हटाने लगी। पेंट वाली लाश देखकर हर कोई हैरान था। लोग इसे पीले तूफान से जोड़कर बातचीत कर रहे थे।

लाश और मौका-ए-वारदात की जाँच की जा रही थी। शव को देखने से पता नहीं चल रहा था कि कत्ल कैसे किया गया है... यानी न तो कहीं जख्म था और न ही किसी तरह की चोट का कोई निशान ही लाश पर नजर आ रहा था।

शव पर कपड़े न होने की वजह से अनुमान लगाया जा रहा था कि रेप किया गया है; लेकिन आखिर पीला पेंट पोतने की वजह क्या थी, इसका फिलहाल किसी के पास कोई जवाब नहीं था। कुछ देर बाद लाश पर एक चादर डाल दी गयी। पुलिस ने मौका-ए-वारदात की जाँच के बाद शव को वहाँ से हटा दिया। शव की शिनाख्त नहीं हो सकी थी।

पुलिस कमिश्नर ने 11 बजे एक मीटिंग बुलायी थी। इसमें इस मामले पर बातचीत होने वाली थी। कोतवाली इंचार्ज मनीष काफी परेशान था, क्योंकि कोतवाली के सामने लाश मिली थी। उसे भी मीटिंग में पहुँचना था और वह तैयारी में जुटा हुआ था।

जैसा कि उम्मीद थी, मीटिंग में पुलिस कमिश्नर ने मनीष के कायदे से पेच कसे। कोतवाली के सामने लाश मिले और पुलिस को खबर न हो, इससे कमिश्नर खासा नाराज था।

मामला विदेशी महिला से जुड़ा था, इसलिए कमिश्नर ने मामले को काफी गम्भीरता से लिया था। उन्होंने केस की तफ्तीश के लिए पाँच तेजतर्रार पुलिस वालों की टीम बनायी और इसका हेड कोतवाली इंचार्ज मनीष को बनाया गया।

मीटिंग खत्म होने के बाद इंस्पेक्टर मनीष कोतवाली लौट आया। कुछ देर बाद उसने टीम के बाकी सदस्यों को मीटिंग के लिए बुलाया था। वह समझ नहीं पा रहा था कि तफ्तीश की शुरुआत कहाँ से करे। लाश की शिनाख्त तक नहीं हुई थी और न ही लाश के पास से कोई सुराग ही मिला था।

मनीष ने मातहतों के साथ मीटिंग में काफी देर तक मगजमारी की। उन्होंने महिला का फोटो सभी थानों में भेज दिया। थानों से गुमशुदगी की शिकायत मिलने पर सूचना देने के लिए कहा गया था।

एक और लाश

पोस्टमार्टम रिपोर्ट में मौत की वजह साफ नहीं हो सकी थी। रेप का शक भी बेबुनियाद साबित हुआ। तो क्या महिला पीले तूफान की शिकार हुई थी? पोस्टमार्टम रिपोर्ट देखने के बाद मनीष इस एंगल से भी सोच रहा था।

घटना को पाँच दिन गुजर गये। मनीष, जाँच को किसी खास दिशा में नहीं ले जा सका। उसने हाथ-पैर काफी मारे, लेकिन कोई नतीजा नहीं निकल सका। वह यह तो मान रहा था कि इस लाश का सम्बंध पीले तूफान से है, लेकिन यह बात साबित करने के लिए उसके पास कोई सबूत नहीं था।

पीले तूफान के बारे में भी कुछ पता नहीं चल सका। मौसम वैज्ञानिक भी पीला तूफ़ान के रहस्य को समझने की कोशिश कर रहे थे।

एक दिन और गुजर गया। मनीष को पुलिस कमिश्नर ने तलब कर लिया। मनीष उन्हें टीम की अब तक की कार्रवाइयों के बारे में बताने लगा, "सर! हमने शहर के तमाम होटल चेक किये हैं, सीसीटीवी फुटेज भी देखी गयी हैं, वह शहर के किसी भी होटल में नहीं ठहरी थी।"

"हो सकता है वह उसी दिन शहर आयी हो!" कमिश्नर ने राय जाहिर की।

"सर! हमारी टीम ने शहर में आने वाले हर रास्ते के टोल प्लाजा के एक हफ्ते के सीसीटीवी फुटेज चेक किये हैं, महिला की कहीं कोई झलक तक फुटेज में नहीं मिली।" मनीष ने बताया।

"कोशिश जारी रखो।" कमिश्नर ने कहा।

कुछ देर बाद मनीष वहाँ से चला आया।

अभी पहले वाली लाश की शिनाख्त तक नहीं हुई थी कि अगले ही दिन एक और लाश मिली। यह लाश पुलिस कमिश्नर के ऑफिस के सामने पड़ी थी। दूसरी लाश कमिश्नर के ऑफिस के बाहर मिलने से पुलिस महकमे की चूलें हिल गयीं... जैसे कोई पुलिस को चैलेंज कर रहा हो। उधर, पहली लाश की शिनाख्त अब तक नहीं हो पायी थी, न ही मौत की वजह ही साफ हो सकी थी।

खबर मिलते ही कोतवाली इंचार्ज मनीष भागा हुआ कमिश्नर ऑफिस के सामने पहुँच गया। इस दूसरी लाश को देखते ही उसकी खोपड़ी कलाबाजियां खाने लगी। वह एकटक लाश का चेहरा देखता रहा और फिर हवन्नकों की तरह पुलिस जीप की तरफ भागा। ड्राइवर भी तेजी से सीट पर बैठ गया। कुछ सिपाही भी भागकर जीप में सवार हो गये।

लाश देखकर बाकी पुलिस वालों की आँखें भी फटी की फटी रह गयीं। इस लाश की शक्लोसूरत पहले मिली लाश जैसी ही थी। इस लाश पर भी कपड़े नहीं थे और बॉडी पर पीला पेंट कर दिया गया था।

ऐसा कैसे हो सकता है! गाड़ी में सवार पुलिस वाले सोच रहे थे। लेकिन यह मनीष कहाँ जा रहा है, उनको यह समझ नहीं आ रहा था, न ही मनीष ने उन्हें कुछ बताया ही।

मनीष सीधे सदर अस्पताल पहुँचा। वहाँ पहुँचकर उसने लाशघर की राह पकड़ी। उसने लाशघर के दरवाजे को धक्का दिया और वह चरचराहट भरी आवाज के साथ खुल गया। हॉल में मौत का-सा सन्नाटा और ठण्डक थी। पुलिस वालों के भारी बूटों की आवाज इस सन्नाटे को तोड़ रही थी।

मनीष ने हफ्ते भर पहले मिली लाश वाला ड्रॉर खींच लिया। उसने बेचैनी में तुरंत ही बॉडी से कपड़ा हटा दिया। एक बार फिर उसकी खोपड़ी घूम गयी। वह एकटक लाश को घूरे जा रहा था। यही नहीं, अनजाने तौर पर उसने लाश का चेहरा भी छूकर देखा, लेकिन ठण्डक का एहसास होते ही चौंककर हाथ हटा लिया। उसका जिस्म सिहर गया था।

"ऐसा कैसे हो सकता है।" मनीष धीरे से बुदबुदाया। "एक दम एक जैसी दो लाशें, हे भगवान!"

मनीष ने समझा था कि किसी ने पहले वाली लाश लाकर कमिश्नर ऑफिस के सामने फेंक दी है, इसीलिए उसने सीधे लाशघर का रुख किया था।

पहले वाली लाश देखकर उसकी बेचैनी और बढ़ गयी। उसकी खोपड़ी साँय-साँय करने लगी। वह धीमे कदमों से चलते हुए आकर पुलिस जीप में बैठ गया। जीप वापस कमिश्नर ऑफिस की तरफ भागी जा रही थी।

कुमार रहमान

मर गयी या मारी गयी

कोतवाली इंचार्ज मनीष जब दोबारा पुलिस कमिश्नर के दफ्तर के सामने पहुँचा, तो वहाँ कमिश्नर समेत पुलिस विभाग का पूरा अमला मौजूद था। दूसरे तमाम अफसर भी मौका-ए-वारदात पर पहुँच गये थे... आखिर मामला कमिश्नर के ऑफिस का था। मनीष ने पहुँचते ही सलामी ठोंकी। कमिश्नर ने इंस्पेक्टर मनीष को घूरकर देखा। मनीष कुछ कहना चाह रहा था, लेकिन कमिश्नर को घूरता देखकर खामोश रह गया।

मनीष ने कुछ देर बाद हड़बड़ाहट में कह ही दिया, "सर!.... वह.... वहां... मौजूद है।"

"किसकी बात कर रहे हो?" कमिश्नर ने भारी आवाज में पूछा।

"सर! पहले वाली लाश, वह लाशघर में मौजूद है, मैं वही चेक करने गया था; यह कोई दूसरी लाश है।" मनीष की मिमियाती हुई आवाज निकली। जैसे वह खुद इस सबके लिए जिम्मेदार हो।

कमिश्नर ने कोई जवाब नहीं दिया। पूरा पुलिस अमला दोनों लाशों की एक जैसी शक्ल देखकर हैरान था, लेकिन शर्मिंदगी की बात यह थी कि पुलिस कमिश्नर के दफ्तर के सामने लाश मिली थी, यानी पुलिस का इकबाल खत्म हो चुका था।

डॉग स्कैड भी मौके पर मौजूद था। कुत्ता कुछ दूर जाकर रुक गया और भूकने लगा। कुछ पुलिस अफसर बहुत बारीकी से मौका-ए-वारदात की जाँच कर रहे थे। कोतवाली इंचार्ज मनीष भी आसपास की छानबीन कर रहा था।

लाश को कुछ देर बाद हटा दिया गया। यहाँ से भी कोई सुराग पुलिस के हाथ नहीं लगा।

दूसरी लाश मिलने के बाद मामला संगीन हो गया था। पुलिस विभाग के सभी बड़े अफसर कमिश्नर ऑफिस में जमा थे। पुलिस कमिश्नर ने महकमे के सभी अफसरों की मीटिंग बुलायी थी। चूँकि इंस्पेक्टर मनीष इस केस की जांच कर रहा था, इसलिए वह भी खासतौर से मौजूद था। हॉल में गम्भीर सन्नाटा फैला हुआ था और हर चेहरा सपाट था, जैसे मरने वाली इन सब की रिश्तेदार हो। कमिश्नर मौजूद नहीं था। सभी को कमिश्नर के आने का इंतजार था। इस एक बात पर सभी को यकीन था कि कमिश्नर की क्लास में सभी को भरपूर डोज मिलने वाली है।

कुछ देर बाद पुलिस कमिश्नर आ गया। वह काफी भन्नाया हुआ था। उसने कुर्सी पर बैठते ही कहा, "अब हालत यह हो गयी है कि लाश पुलिस कमिश्नर के ऑफिस के सामने फेंकी जाने लगी है, आखिर आप लोग कर क्या रहे हैं!" कमिश्नर ने लगभग चीखते हुए यह बात कही।

सभी अफसर खामोश बैठे थे।

"यह शहर अपराधियों का गढ़ हो गया है और पुलिस सो रही है। यह लाशें विदेशी महिलाओं की हैं; गृह मंत्रालय से जवाब तलब होगा, कौन देगा इसका जवाब!" पुलिस कमिश्नर ने भारी आवाज में कहा।

कमिश्नर की बात का किसी के पास कोई जवाब नहीं था।

"यह लड़की मरी नहीं है बल्कि मारी गयी है।" कमिश्नर ने सबकी तरफ देखते हुए कहा, "पहले वाली महिला की मौत की वजह साफ नहीं हो सकी थी, तो लगा था कि शायद यह हादसा हो, लेकिन यह दूसरी लाश...!" कमिश्नर ने बात बीच में ही छोड़ दी और कुछ सोचने लगा।

कुछ देर बाद कमिश्नर ने कहा, "दूसरी लाश को मेरे ऑफिस के सामने फेंकने का मतलब साफ है कि कोई बहुत शातिर और दिलेर अपराधियों का गैंग इसके पीछे है जो हत्याएँ कर रहा है और पुलिस को चैलेंज भी कर रहा है, वरना कोतवाली और पुलिस कमिश्नर के दफ्तर के सामने लाश फेंकने का क्या मतलब है!"

"जी सर!" एसएसपी ने दबी जुबान से कहा।

"देखिएगा इस लाश की मौत की वजह भी साफ नहीं होगी!" पुलिस कमिश्नर ने पूरे यकीन से कहा। कुछ देर तक इसी मसले पर बातचीत होती रही

और पुलिस कमिश्नर ने मातहतों को कई हिदायतें देने के बाद मीटिंग खत्म कर दी।

अभी मनीष कोतवाली पहुँचा ही था कि पुलिस कमिश्नर के पीए का फोन आ गया। पुलिस कमिश्नर ने मनीष को एक घण्टे बाद केस की फाइल के साथ अपने ऑफिस बुलाया था।

इंस्पेक्टर मनीष कुछ देर बाद ही पुलिस कमिश्नर के ऑफिस पहुँच गया। वहाँ उसने खुफिया महकमे के इंस्पेक्टर कुमार सोहराब को बैठे हुए पाया।

"मनीष! अब इस केस की तफ्तीश इंस्पेक्टर कुमार सोहराब करेंगे, फाइल उन्हें दे दीजिए।" कमिश्नर ने कहा, "इंस्पेक्टर सोहराब! आपकी माँग के मुताबिक सार्जेंट मुजतबा सलीम को आपको असिस्ट करने के लिए डिपार्टमेंट से खास तौर से दिया जा रहा है।"

"थैंक्यू सर!" इंस्पेक्टर सोहराब ने कमिश्नर की तरफ थोड़ा-सा झुकते हुए कहा।

"एक बात बताइए मिस्टर सोहराब, आपने सलीम में ऐसा क्या खास देखा जो स्पेशली उसे माँगा है?" पुलिस कमिश्नर ने मुस्कुराते हुए पूछा। पुलिस कमिश्नर आदाबो एहतराम के बड़े पाबंद थे, वह जूनियरों से भी बड़े 'आप-जनाब' से बात करते थे।

"सर वह खासा जाँबाज और जहीन है, मेहनती भी है।" सोहराब ने कहा।

"थोड़ा मसखरा भी...।" कमिश्नर ने हंसते हुए कहा, "काफी किस्से सुन रखे हैं उसके, बहरहाल आल द बेस्ट।"

इंस्पेक्टर कुमार सोहराब फाइल लेकर ऑफिस की तरफ रवाना हो गया। वह सबसे पहले फाइल को इत्मीनान से पढ़ना चाहता था।

पुलिस कमिश्नर ने दूसरी लाश का पोस्टमार्टम करने के लिए डॉक्टरों का एक पैनल बनवाया था, साथ ही पोस्टमार्टम की वीडियो रिकॉर्डिंग भी करने को कहा था। रिकॉर्डिंग का मकसद यह था कि बाद में उसे देखकर बातों को समझा जा सके।

सोने की हेड वाली पिन

फाइल पढ़ने के बाद इंस्पेक्टर कुमार सोहराब ने कोतवाली इंचार्ज मनीष को खुफिया विभाग बुला लिया। कुमार सोहराब, सार्जेंट मुजतबा सलीम और मनीष कैंटीन में बैठे कॉफी पी रहे थे। कॉफी की एक सिप लेने के बाद इंस्पेक्टर सोहराब ने मनीष से पूछा, "मैंने पूरी फाइल देख ली है, आप लोगों ने काफी मेहनत की है।"

"थैंक्यू सर!" मनीष ने कहा।

कुछ देर की खामोशी के बाद सोहराब ने मनीष से पूछा, "ऐसा कुछ बताइए जो फाइल में दर्ज होने से रह गया हो।"

कुछ देर सोचने के बाद कोतवाली इंचार्ज मनीष ने कहा, "इस फाइल में पीले तूफान के बारे में जिक्र नहीं है... चूंकि वह हमारी तफ्तीश का हिस्सा नहीं था, लेकिन उसे नजरअंदाज नहीं किया जा सकता।"

"क्यों?" सार्जेंट सलीम ने पूछा था। अभी तक वह खामोश ही रहा था।

"क्योंकि पीला तूफ़ान आने के अगले दिन ही लाश मिली थी, लाश पर पीला पेंट पोता गया था; आज भी जो लाश मिली है, उस पर भी पीला पेंट पोता गया है, कुछ तो लिंक है पीला तूफ़ान से।"

"हम्म।" इंस्पेक्टर कुमार सोहराब सोच में पड़ गया। कुछ देर बाद उसने मनीष से पूछा, "और कोई बात जो खासतौर से नोटिस की हो?"

"दोनों ही लाशों का बिना कपड़े के होना।" फिर उसने जैसे चौंकते हुए

कहा, "पहली लाश के पास एक पिन पड़ी मिली थी, उसका हेड सोने का है।"

"लेकिन इसका जिक्र केस फाइल में नहीं है!" सोहराब ने ताज्जुब से पूछा।

"गलती से छूट गया है।" मनीष ने खिसियाहट भरे लहजे में जवाब दिया।

"वह पिन कहाँ है?"

"मालखाने में जमा है।"

कुछ देर बाद इंस्पेक्टर सोहराब और सार्जेंट सलीम ऑफिस की कार से मालखाने की तरफ जा रहे थे। कार सार्जेंट सलीम ड्राइव कर रहा था।

"यह पिन का क्या चक्कर है?" सलीम ने पूछा।

"यह तो पिन देखने के बाद ही पता चल सकेगा।" इंस्पेक्टर सोहराब ने गम्भीर आवाज में जवाब दिया।

"लेकिन मनीष ने इतनी अहम बात केस डायरी में नहीं लिखी!" सार्जेंट सलीम ने आश्चर्य व्यक्त करते हुए कहा।

"हो जाता है कई बार; हो सकता है उसने उसे अहम्मीयत न दी हो।" इंस्पेक्टर कुमार सोहराब ने कहा। फिर सलीम को हिदायत देते हुए कहा, "गाड़ी को सदर अस्पताल की तरफ मोड़ लो।"

"वहाँ क्या है?"

"पोस्टमार्टम रिपोर्ट।"

सदर अस्पताल के सीएमओ ऑफिस के सामने पहुँचकर कार रुक गयी। गेट पर मौजूद अर्दली ने उन्हें देखकर सलाम किया। वह सीधे सीएमओ के ऑफिस गये। इंस्पेक्टर सोहराब को देखकर सीएमओ खड़ा हो गया। सोहराब ने उससे हाथ मिलाते हुए हालचाल पूछा। उसके बाद सभी बैठ गये।

"आज इधर कैसे कुमार साहब!"

"आज एक लाश मिली है, उसी की पोस्टमार्टम रिपोर्ट के लिए आना हुआ।"

सीएमओ ने फाइल देखकर डॉक्टरों के पैनल के हेड को फोन मिलाने के लिए हाथ बढ़ाया ही था कि इंस्पेक्टर सोहराब ने उन्हें रोक दिया। "आप डॉक्टर का नाम बता दीजिए, हम उन्हीं के पास चले जाते हैं।"

सीएमओ ने नाम बता दिया और दोनों वहाँ से इजाजत लेकर डॉक्टरों के केबिन की तरफ चल दिये।

वहाँ तीनों डॉक्टरों का पैनल रिपोर्ट ही तैयार कर रहा था। डॉक्टरों ने बताया

कि मौत की वजह साफ नहीं है। इंस्पेक्टर कुमार सोहराब ने एक बात खासतौर से पैनल के डॉक्टरों से पूछी कि क्या महिला के चहरे की प्लास्टिक सर्जरी की गयी है। इसका जवाब डॉक्टरों ने नहीं में दिया था। यानी प्लास्टिक सर्जरी से चेहरा एक जैसा नहीं बनाया गया था। इस जवाब से सोहराब गहरी चिंता में डूब गया। सोहराब ने उनसे रिपोर्ट मेल करने को कहा और बाहर निकल आया।

कार अब कोतवाली के मालखाने की तरफ जा रही थी। रास्ते में सोहराब और सलीम में कोई बात नहीं हुई। इंस्पेक्टर सोहराब गहरी चिंता में डूबा हुआ था। हमेशा की तरह तर्जनी उँगली होठों पर टिकी हुई थी, जैसे चुप रहने को कह रहा हो।

मालखाने से पिन लेने के बाद उसने जेब से ग्लव्ज और मैग्नीफाइंग ग्लास निकाला और पिन को घुमा-घुमाकर देखने लगा। उसका हेड देखने के बाद अचानक ही वह बुरी तरह से चौंक पड़ा। उसके माथे पर चिंता की रेखाएँ उभर आयीं और बड़ी-बड़ी आँखें गहरी सोच में डूब गयीं।

इंस्पेक्टर सोहराब ने पिन के हेड को दोबारा मैग्निफाइंग ग्लास से देखा। पिन को वापस डिब्बी में रखने के बाद हाथों में पहने रबर के दस्ताने उतारकर कोट की जेब में रख लिये।

सोहराब अभी भी गहरी सोच में डूबा हुआ था। सार्जेंट सलीम की नजरें उस पर ही जमी हुई थीं। वह कुछ पूछना चाहता था, लेकिन सोहराब के चेहरे की मुद्रा देखकर खामोश ही रहा।

सोहराब ने मालखाने के इंचार्ज से पिन को अपनी तहवील में ले लिया और दोनों कोतवाली से निकल आये। दोनों कार पर सवार हो गये और वह आगे बढ़ गयी। इस बार कार सोहराब ड्राइव कर रहा था।

पिन का राज़

गाड़ी तेजी से भागी चली जा रही थी । दोनों ही खामोश थे । कुछ दूर जाने के बाद सार्जेंट सलीम से रहा नहीं गया और उसने पिन का जिक्र छेड़ दिया, "ऐसा क्या है उस पिन में, जिसे देखकर आप इतनी चिंता में डूब गये ?"

"कोई खास बात नहीं ।" इंस्पेक्टर सोहराब ने टालने वाले अंदाज में जवाब दिया ।

इंस्पेक्टर सोहराब का यह जवाब सार्जेंट सलीम को पसंद नहीं आया । उसके चेहरे पर हलकी-सी नाराजगी आकर चली गयी । वह अपने होंठ दाँतों से चबाने लगा । वह सोच रहा था कि अगर खास बात नहीं थी, तो पिन को लेकर इतनी गम्भीरता क्यों । अगर खास बात न होती तो पिन को साथ लाने की क्या जरूरत थी ।

पिन का हेड सोने का है । हाँ यही तो बताया था कोतवाली इंचार्ज मनीष ने । सोने के हेड वाली पिन के बारे में उसने पहले कभी नहीं सुना था । कत्ल और पिन का कोई ताल्लुक है क्या ? क्या पिन के लिए कत्ल हुआ है ? भला पिन के लिए कोई किसी को क्यों मारेगा ? सार्जेंट सलीम रास्ते भर इन्हीं सवालों में गुम रहा ।

उसकी तंद्रा तब टूटी, जब कार अचानक झटके से रुक गयी । सोहराब ने गाड़ी एक आलीशान कोठी के सामने रोकी थी और सार्जेंट सलीम से उतरने के लिए कहा । सलीम गाड़ी से उतर गया और बड़े ध्यान से कोठी को देखने लगा । आलीशान कोठी थी ।

सूरज डूबने वाला था और शाम की लाली में लाल पत्थरों वाली यह कोठी बहुत खूबसूरत लग रही थी। कोठी पर गुलाबी फूलों वाली मालती की बेल काफी ऊँचाई तक फैली हुई थी। सामने बड़ा-सा लॉन था। माली, लॉन के फूलों को शाम का पानी दे रहा था।

दरअसल यह कुमार सोहराब की पुश्तैनी कोठी थी। उसके दादा अँग्रेजी हुकूमत में बड़े रियासतदार थे, उन्होंने ही यह कोठी बनवायी थी। सोहराब को पुश्तैनी तौर पर बहुत दौलत मिली थी, यही वजह थी कि उसका रहन-सहन रॉयल किस्म का था।

खुफिया विभाग में इंस्पेक्टर की नौकरी तो महज शौक के लिए कर रहा था। उसने ऑक्सफोर्ड युनिवर्सिटी से जासूसी की पढ़ाई की थी, इसी शौक को पूरा करने के लिए। इंस्पेक्टर सोहराब नौकरों के साथ कोठी में अकेले रहता था।

सार्जेंट सलीम यहाँ पहली बार आया था।

कुमार सोहराब ने कोठी में दाखिल होते ही महमूद का नाम पुकारा। आवाज सुनते ही एक मोटा-तगड़ा नौकर भागता हुआ आ गया।

"लाइब्रेरी में दो लोगों का नाश्ता पहुँचा दो!" कुमार सोहराब ने कहा।

नौकर वापस चला गया। सोहराब, सार्जेंट सलीम को लेकर सीढ़ियाँ चढ़ने लगा। ऊपर पहुँचने के बाद वह एक कॉरिडोर में आ गये। यहाँ लाइन से कई कमरे बने हुए थे। आखिरी दरवाजे पर पहुँचने के बाद सोहराब ने उसे खोल दिया।

यह एक बड़ा हॉल था। चारों तरफ शीशों वाली अलमारियों में किताबें सजी हुई थीं। हॉल के अंदर एक और छत थी। देखकर ऐसा लगता था कि बाद में लिंटर डालकर दो छत्ती बनायी गयी है। इस दूसरी मंजिल में भी किताबें ही सजी हुई थीं।

लाइब्रेरी हॉल के बीच में बैठने का इंतजाम था। दोनों सोफे पर आकर बैठ गये। कुछ देर बाद सोहराब उठकर किताबों की अलमारियों की तरफ चला गया। वह वहाँ अलमारी में सजी किताबों को उलट-पलट रहा था।

सार्जेंट सलीम को इस माहौल से ऊब होने लगी। वह पूरे मामले में तमाशबीन बनकर रह गया था।

इंस्पेक्टर सोहराब अँग्रेजी की एक मोटी किताब लेकर लौट आया। वह बैठकर किताब के पन्ने पलटने लगा। उसके माथे पर बल पड़े हुए थे। अचानक

एक पेज पर नजर पड़ते ही उसकी आँखों में चमक आ गयी। वह मन ही मन उस पेज को पढ़ने लगा।

कुछ देर बाद उसने किताब को पलटकर मेज पर रख दिया और जेब से रबर वाले दस्ताने निकालने लगा। उन्हें हाथों पर चढ़ाने के बाद जेब से डिबिया निकालकर पिन हाथों में ले ली। उसने किताब मेज पर सीधी करके रख दी।

सार्जेंट सलीम, किताब की तस्वीर देखकर चौंक गया। किताब के पेज पर हूबहू वैसी ही पिन बनी हुई थी। सोहराब पिन को हाथ में पकड़कर किताब में बनी तस्वीर से मिलाने लगा।

सोहराब ने किताब का पेज पलट दिया। इस पर पिन के हेड की तस्वीर थी। उसने मैग्नीफाइंग ग्लास निकाल लिया। कभी वह उससे पिन के हेड को देखता और कभी किताब पर बनी हुई तस्वीर को। उसने किताब बंद की और उसे वापस अलमारी में रख दिया। पिन को डिब्बी में रख दिया और दस्ताने भी उतार दिये।

अब उसके चेहरे पर इत्मीनान झलक रहा था। उसने जेब से सिगार केस निकालकर उसमें से एक सिगार निकाल ली और उसका कोना तोड़ते हुए पूछा, "हाँ सलीम साहब! बोर तो नहीं हो रहे हैं।"

सार्जेंट सलीम ने जवाब देने के बजाय बुरा सा मुँह बनाया। उसकी शक्ल देख कर इंस्पेक्टर सोहराब मुस्कुरा उठा। तभी महमूद ट्रे में नाश्ता लेकर आ गया। रोस्टेड चिकन, सेम के बीज का दालमोठ और कॉफी रखकर वह चला गया।

"चलिए साहब पहले नाश्ता हो जाये!" सोहराब ने सलीम से कहा।

दोनों नाश्ता करने लगे। नाश्ता खत्म करने के बाद सार्जेंट सलीम कॉफी बनाने लगा। उसने एक मग सोहराब को दिया और दूसरे मग में अपने लिए कॉफी बनायी। पहली चुस्की लेते हुए सलीम को ऐसा लगा जैसे सारी थकान उतर गयी हो।

"शानदार कॉफी है।" सार्जेंट सलीम ने कहा।

"यह व्हाइट कॉफी है, इसे इपोह भी कहते हैं, मलेशिया से आती है।" सोहराब ने लाइटर से सिगार सुलगाते हुए कहा।

"ओह! नाइस।" सलीम ने कॉफी का सिप लेते हुए कहा।

इंस्पेक्टर सोहराब ने कॉफी खत्म कर ली थी। सार्जेंट सलीम के कॉफी का

कप रखते ही वह उठ खड़ा हुआ और सलीम को अपने पीछे आने का इशारा किया। वह वापस सीढ़ियाँ उतरने लगे।

एक कमरे में पहुँचकर सोहराब रुक गया। उस कमरे में भी एक छोटी लाइब्रेरी थी। यहाँ भी दीवारों से सटी अलमारियों में किताबें रखी हुई थीं।

सोहराब ने एक अलमारी को धक्का दिया और आगे रास्ता बनता चला गया। वह सीढ़ियाँ उतरने लगा। सलीम उसके पीछे चल रहा था।

यहाँ पहुँचते ही सार्जेंट सलीम की आँखें खुली की खुली रह गयीं। वह चारों तरफ ताज्जुब से देख रहा था। यह एक बड़ा हॉल था। यहाँ सोहराब ने अपनी लैब बना रखी थी। पूरा हॉल बल्ब की रोशनी से जगमगा रहा था।

सलीम ने महसूस किया कि तहखाना होने के बावजूद यहाँ वैंटिलेशन का बेहतरीन इंतजाम था। सोहराब उसे लेकर एक मेज पर आ गया। सोहराब ने हाथों पर रबर का दस्ताना पहन रखा था। डिबिया से पिन निकालकर वह उसका आगे का हिस्सा माइक्रोस्कोप से देखने लगा।

काफी देर देखने के बाद उसने पिन का अगला हिस्सा टेस्ट ट्यूब के ऊपर ले जाकर उसे रेजर से खुरचना शुरू किया। पिन से कुछ बहुत बारीक-बारीक सा टेस्ट ट्यूब में गिर रहा था। इसके बाद उसने टेस्ट ट्यूब में कोई केमिकल मिलाया, फिर ड्रॉपर से एक दूसरे केमिकल की कुछ बूँदें डालने के बाद उसे स्प्रिट लैम्प पर गर्माने लगा।

गर्म होने के साथ ही टेस्ट ट्यूब के अंदर का केमिकल सफेद से हलके गुलाबी रंग का हो गया। इसके साथ ही इंस्पेक्टर सोहराब की आँखें चमक उठीं।

उसने पिन को डिबिया में रख दिया। दस्ताने उतारे और वाशबेसिन में हाथ साफ करने लगा। हाथों को तौलिये से सुखाने के बाद वह आकर सलीम के पास सोफे पर बैठ गया।

“कुछ बताएँगे आखिर क्या मामला है?” सार्जेंट सलीम ने उकताकर पूछा।

“अभी कुछ नहीं बता सकता, क्योंकि मैं जब तक खुद किसी नतीजे पर न पहुँच जाऊँ तुम्हें क्या बता दूँ।”

“इतनी मगजमारी के बाद कुछ तो पता चला होगा?”

“इतना कह सकता हूँ कि पुलिस कमिश्नर के दफ्तर के बाहर मिली विदेशी महिला कत्ल की गयी थी।” कुछ देर खामोश रहने के बाद सोहराब ने धीमी आवाज में कहा, “बहुत चालाकी के साथ।”

“कैसे पता चला?” सार्जेंट सलीम ने पूछा।

“इससे ज्यादा अभी कुछ नहीं बता सकता... और हाँ, हेड ही नहीं पूरी पिन ही सोने की है; आओ अब चलें।”

दोनों लैब से निकलकर बाहर आ गये। बाहर दूधिया चाँदनी छिटकी हुई थी और हलकी-हलकी हवा चल रही थी। लॉन में लगी रात की रानी से पूरा इलाका खुशबू से भरा हुआ था। चाँदनी रात में सोहराब की कोठी किसी देव की तरह नजर आ रही थी। सब कुछ बहुत रहस्यमयी लग रहा था।

“ऑफिस-कार यहीं छोड़ दो, मैं दूसरी कार निकालता हूँ।” इंस्पेक्टर सोहराब ने कहा। वह गैराज की तरफ चला गया। सार्जेंट सलीम हलके सुरों में सीटी बजाने लगा। उसने कोट की जेब टटोली और पाइप निकाल लिया। फिर उसे याद आया कि तम्बाकू खत्म हो गया है। उसका मूड उखड़ गया। उसने काफी देर से पाइप नहीं पिया था।

उसके दिमाग की धारा फिर बहकने लगी। कहाँ आकर फँस गया। आराम से गुजर रही थी। उसने सोचा-अब जाने कहाँ ले जाने का इरादा है, कुछ बताते हैं नहीं, बस साये की तरह लगे रहो। तभी सोहराब कार लेकर आ गया। रोल्स रॉयस का घोस्ट मॉडल था। कुछ दिन पहले ही सोहराब ने खरीदा था।

कार काफी कम्फर्ट थी। सार्जेंट सलीम ने बैठते ही यह महसूस कर लिया था। कार, कोठी से निकलकर मेन रोड पर आ गयी। सड़क पर ज्यादा भीड़ नहीं थी। दरअस्ल सोहराब की कोठी 'गुलमोहर विला' शहर के भीड़भाड़ वाले इलाके से थोड़ा हटकर थी।

“हम कहाँ जा रहे हैं अब?”

“डिनर पर।”

“रास्ते में कार किसी स्टोर पर रोक लीजिएगा, मेरे पाइप का तम्बाकू खत्म हो गया है।” सार्जेंट सलीम ने कहा।

रास्ते में उन्होंने एक स्टोर पर रुककर वॉन गॉग तम्बाकू का पाउच लिया और कार फिर चल पड़ी। सार्जेंट सलीम जेब से पाइप निकालकर उसमें तम्बाकू भरने लगा। आज की भागदौड़ में उसने एक बार भी पाइप नहीं पिया था। पाइप सुलगाकर वह हलके-हलके कश लेने लगा।

डांस ट्रेनर

साँप जैसी लम्बी काली सड़क पर घोस्ट भागी चली जा रही थी। सार्जेंट सलीम बड़े आराम से पाइप के कश ले रहा था। इंस्पेक्टर सोहराब की आँखें कार की विंडस्क्रीन पर जमी हुई थीं।

"आखिर यह पीले तूफान का क्या मामला है?" सार्जेंट सलीम ने मुँह से धुआँ छोड़ते हुए पूछा।

"पता नहीं।"

"आखिर इसे अहमीयत क्यों नहीं दी जा रही है?"

"मतलब?"

"मतलब यह कि उसे तहकीकात में शामिल क्यों नहीं किया गया है, न ही उसके बारे में कोई चर्चा ही हो रही है।"

"तूफान के बारे में अभी तक कोई तफ्सील नहीं मिली है, मौसम विभाग के साइंटिस्ट उसकी जाँच कर रहे हैं।"

"आप किस नतीजे पर पहुँचे हैं?"

"बिना ठोस वजहों या सबूतों के, नतीजे नहीं निकाले जा सकते।"

सलीम ने पाइप की राख ऐश ट्रे में झाड़ने के बाद उसे जेब में रख लिया।

"हम कहाँ जा रहे हैं?"

"होटल सिनेरियो।"

"वहाँ तो आज एक ब्राजीलियन नर्तकी नेल्मा का स्पेशल प्रोग्राम है, शायद

तिल रखने को भी जगह न मिले!”

“मैंने शाम को ही एक टेबल रिजर्व करवा ली थी।”

“कोई खास बात?”

“नहीं, बस तफरीह के मकसद से चल रहे हैं।”

“आपकी गाड़ी बहुत शानदार है।” सार्जेंट सलीम ने बात बदलते हुए कहा।

“सिर्फ शानदार नहीं, इसमें काफी खूबियाँ भी हैं।” इंस्पेक्टर सोहराब ने जवाब दिया।

“कौन-सी खूबियाँ हैं?”

“कुछ दिन बाद खुद ही जान जाओगे।”

तभी उनके बराबर रेड कलर की एक कार चलने लगी। आगे की सीट पर बैठी लड़की सार्जेंट सलीम को जानी-पहचानी सी लगी। वह उनकी कार की ही तरफ देख रही थी। कार को एक लड़की ड्राइव कर रही थी। आगे बैठी लड़की ने कार ड्राइव कर रही दूसरी लड़की को कुछ इशारा किया और उसने भी पलटकर उनकी तरफ देखा।

आगे की सीट पर बैठी लड़की को उसने इससे पहले कहाँ देखा है, क्या वह उसे जानता है? सलीम ने दिमाग पर काफी जोर डाला, लेकिन कुछ याद नहीं आया।

घोस्ट, होटल सिनेरियो के गेट पर पहुँचकर रुक गयी। होटल की इमारत दूधिया गुलाबी रंग में रँगी हुई थी। इस होटल की खास बात यह थी कि हर हफ्ते होटल की इमारत एक नये रंग में नजर आती थी।

दरअस्ल होटल पर बाहर की तरफ से रंगीन रोशनी डाली जाती थी। उस लाइट इफेक्ट की वजह से होटल के बाहरी हिस्से का रंग बदल जाता था। जिस तरह बाहर की इमारत का रंग होता था, उसी रंग के फूलों और पर्दों से अंदर के हिस्से को भी नया लुक दिया जाता था।

गाड़ी पार्क करने के बाद दोनों होटल के अंदर दाखिल हो गये। अंदर के हिस्से को गुलाबी गुलदावदी के फूलों से सजाया गया था। काफी खूबसूरत माहौल था।

दोनों डायनिंग हॉल में आ गये। पूरा हॉल खचाखच भरा हुआ था। कुछेक टेबल खाली नजर आ रहीं थी। यकीनन वह रिजर्व थीं और उन्हें रिजर्व कराने

वाले अभी तक पहुँचे नहीं थे।

इंस्पेक्टर कुमार, सोहराब कोने की टेबल की तरफ चल दिया। उसने खास तौर से कोने की टेबल रिजर्व करवायी थी। वह कोने की टेबल ही पसंद करता था। इसका फायदा यह था कि वह बिना किसी की नजर में आये, बाकी लोगों पर नजर रख सकता था। कुर्सी पर बैठते हुए उसने एक भरपूर निगाह पूरे हॉल पर डाली। कुछ लोग खाने में व्यस्त थे तो कुछ लोग खुशगप्पियों में मशगूल थे।

डांस अभी शुरू नहीं हुआ था। ब्राजीलियन नर्तकी वहाँ का पारम्परिक नृत्य साँबा पेश करने वाली थी। उनके बैठते ही एक वेटर ऑर्डर लेने के लिए आ खड़ा हुआ।

"डांस किस वक्त शुरू होगा?" सार्जेंट सलीम ने पूछा।

"सर, दस बजे से।"

सार्जेंट सलीम ने रिस्ट वाच की तरफ देखा। अभी दस बजने में आधा घण्टा बाकी था। इंस्पेक्टर सोहराब ने वेटर से एस्प्रेसो कॉफी और स्वीडिश कार्डमम रोल लाने को कहा। वेटर ऑर्डर लेकर चला गया।

"मुझे भूख लगी है।" सार्जेंट सलीम ने कहा।

"स्वीडिश रोल तुम्हारे लिए ही मँगवाये हैं, खाना एक घण्टे बाद खायेंगे।" इंस्पेक्टर सोहराब ने कहा। उसने एक बार फिर हॉल का जायजा लिया। उसके देखने का तरीका इस बार बदला हुआ था। वह हर चेहरे को बड़े ध्यान से देख रहा था, जैसे किसी को तलाश रहा हो।

"मैं वाशरूम होकर आया।" इंस्पेक्टर सोहराब ने उठते हुए कहा।

सार्जेंट सलीम ने जेब से वॉन गॉग का पाउच निकाला और पाइप में तम्बाकू भरने लगा।

"क्या मैं यहा बैठ सकती हूं?"

ऐसा लगा जैसे सार्जेंट सलीम के कानों में किसी ने जलतरंग बजा दी हो। उसने सर उठाकर लड़की की तरफ देखा। काफी खूबसूरत लड़की थी। नरगिसी आँखों में गजब का नशा था, जैसे शराब पी रखी हो। लाल रंग के गाउन में उसका गोरा रंग और निखर गया था।

"क्या मैं बैठ जाऊँ?" उसने दोबारा पूछा।

"सॉरी, यह रिजर्व है।"

"लेकिन यहाँ तो कोई नहीं बैठा है।"

"यहाँ कोई बैठा है, आप कहीं और बैठ जाइए।"

"देखिए यहाँ पर कोई भी सीट खाली नहीं है, प्लीज आप बैठने दीजिए, जब कोई आयेगा तो मैं उठ जाऊँगी।" सार्जेंट सलीम कुछ कहता, उससे पहले ही वह कुर्सी खींचकर बैठ चुकी थी।

"मेरा नाम सोफिया है।" उसने बैठते हुए अपना परिचय दिया।

"तो मैं क्या करूँ।" सार्जेंट सलीम ने रूखेपन से कहा। यूँ बेतकल्लुफी से बैठ जाना उसे अच्छा नहीं लगा था।

"आप नाराज न होइए... मैंने कहा न मैं उठ जाऊंगी, जब कोई आयेगा।"

"मैं डांस ट्रेनर हूँ। खासतौर से साँबा देखने के लिए ही आयी हूँ।" उसने सार्जेंट सलीम की तरफ देखते हुए कहा, "मुझे कुछ देर पहले ही इस डांस शो के बारे में पता चला, जब मैं यहाँ पहुँची तो कहीं भी बैठने की जगह नहीं थी।"

सार्जेंट सलीम ने बेपरवाही से उसकी तरफ देखा और पाइप को लाइटर से सुलगाने लगा। दो-तीन कश लेने के बाद उसका उखड़ा मूड थोड़ा ठीक हो चला था। लड़की से वह काफी रूखेपन से पेश आया था, अब उसे थोड़ा अफसोस हो रहा था।

इंस्पेक्टर सोहराब वाशरूम से अब तक नहीं लौटा था। सार्जेंट सलीम को अचानक उसका खयाल आया। शायद किसी से फोन पर बात कर रहा होगा, उसने सोचा। वेटर कॉफी और स्वीडिश रोल लेकर आ गया था।

"आप यह स्वीडिश रोल लीजिए।"

"नो थैंक्स।"

सार्जेंट सलीम ने दो कप कॉफी उंडेली और एक सोफिया की तरफ बढ़ा दी।

"मैं ब्लैक कॉफी नहीं पीती।"

"गोरा रंग काला नहीं हो जायेगा, मैं दावे से कह सकता हूँ।"

सोफिया ने मुस्कुराकर उसकी तरफ देखा और कॉफी ले ली।

"आप इण्डियन डांस भी सिखाती हैं?"

"सिर्फ वेस्टर्न।" सोफिया ने जवाब दिया।

"फिर आप मेरे काम की नहीं हैं।" सार्जेंट सलीम ने रोल का एक पीस मुँह में डालते हुए कहा।

"मतलब!"

“दरअस्ल, मुझे कालबेलिया नृत्य सीखना है।”

सोफिया ने उसकी तरफ ताज्जुब से देखा, फिर सार्जेंट सलीम के चेहरे की नकली गम्भीरता को देखकर हँसने लगी। सार्जेंट सलीम को ऐसा लगा जैसे कई सारे काँच जमीन पर गिरकर बिखर गये हों। सोफिया की हँसी काफी दिलकश थी।

“आपको नागिन डांस सीखना चाहिए, आजकल बरातों में बड़ा क्रेज है और पुराने सभी डांसरों की तोंद निकल आयी है, इसलिए आप डिमांड में रहेंगे।” सोफिया ने शरारत भरे अंदाज में कहा।

“नागिन डांस पुराना हो गया है, मैं कोबरा डांस करता हूं।” सार्जेंट सलीम ने उसकी आँखों में देखते हुए जवाब दिया।

सोफिया उसकी बात पर हँसने लगी। कुछ देर की खामोशी के बाद उसने पूछा, “आप करते क्या हैं?”

“नौकरी तलाशता हूँ।”

“जॉब कंसल्टेंसी!” सोफिया ने आश्चर्य से पूछा।

“बेरोजगार हूँ।”

“आप बना रहे हैं मुझे, बेरोजगार लोग इतना अच्छा सूट पहनकर ब्राजीलियन डांस देखने नहीं आते!”

“दरअस्ल साँबा पेश करने आयी नर्तकी नेल्मा का सेक्रेटरी प्लेन में ही छूट गया है, मैं उन्हें सेक्रेटरी बनने का ऑफर देने आया हूँ।” सार्जेंट सलीम ने पूरी गम्भीरता से कहा। उसकी इस बात पर सोफिया फिर हँसने लगी।

“आप आदमी बहुत दिलचस्प हैं।”

सार्जेंट सलीम कुछ कहने ही वाला था कि तभी स्टेज पर रोशनी हो गयी और आरकेस्ट्रा ने हलकी म्यूजिक छेड़ दी। सार्जेंट सलीम ने घड़ी की तरफ देखा। दस बज चुके थे। इंस्पेक्टर सोहराब अभी तक नहीं लौटा था।

सार्जेंट सलीम ने जेब से मोबाइल निकाला और उसे फोन मिलाने लगा, लेकिन फोन पिक नहीं हुआ। सलीम को उलझन होने लगी। वह उठकर वाशरूम की तरफ गया, लेकिन वहाँ सोहराब नहीं था।

सार्जेंट सलीम अपनी टेबल की तरफ लौटा, तो वहाँ सोफिया भी नहीं थी। उसने आसपास नजर दौड़ायी, लेकिन वह कहीं नजर नहीं आयी। सलीम सोच में पड़ गया कि आखिर इतनी जल्दी वह कहाँ गायब हो गयी। तभी उसकी नजर

कुमार रहमान

प्लेट के नीचे दबे टिशू पेपर पर पड़ी। उसने उसे निकाल लिया। उस पर उल्लू की एक तस्वीर बनी हुई थी।

"इसका मतलब!" सार्जेंट सलीम बुदबुदाया।

वेटर लौट आया था और टेबल पर से कप और प्लेटें चुनने लगा। वह उल्लू वाला टिशू पेपर भी उठाने ही वाला था कि सलीम ने झपटकर उसे उठा लिया और कोट की जेब में डाल लिया।

धीरे-धीरे आरकेस्ट्रा की आवाज तेज होने लगी थी। हॉल के तमाम लोगों की नजर अब स्टेज की तरफ लग गयी थी। सभी को नेल्मा का इंतजार था। अचानक स्टेज की रोशनी बुझ गयी और आरकेस्ट्रा की आवाज भी।

तीसरी हमशक्ल

स्टेज पर धीरे-धीरे रोशनी बढ़ गयी और साथ ही म्यूजिक भी तेज होती चली गयी। ऐसा लग रहा था जैसे लाइट और म्यूजिक में जुगलबंदी हो रही हो। ब्राजीलियन नर्तकी नेल्मा स्टेज के बीचोंबीच खड़ी थी।

उसने साँबा डांस की पारम्परिक वेशभूषा बना रखी थी। सर पर एक खूबसूरत मुकुट था, जिसमें पीछे की तरफ पंछियों के रंग-बिरंगे लम्बे-लम्बे पंख लटक रहे थे। सभी की निगाहें उसी पर जमी हुई थीं। नौजवानों के दिलों की धड़कनें तेज हो रही थीं। नेल्मा काफी खूबसूरत थी और कमसिन भी।

संगीत में जब ठहराव आया तो उसके पाँव थिरकने लगे। उसने शुरुआत 'सांबा नो पे डांस' से की थी। उसका शरीर एक सीध में था और पैरों के स्टेप आगे-पीछे हो रहे थे यानी एंड-अ-वन, एंड-अ-टू और फिर बैक-टू-वन।

उसने ऊँची हील की सैंडल पहन रखी थी और पंजों के बल वह नृत्य कर रही थी। धीरे-धीरे उसके डांस की गति तेज होती जा रही थी। पैरों के स्टेप तेजी से बदल रहे थे। कुछ देर बाद लगने लगा कि कोई मशीन है जो एक ही अंदाज में गति कर रही है।

धीरे-धीरे संगीत रुक गया और उसके पांव भी। सार्जेंट सलीम ने पाइप जला लिया और धुएँ के गोले बनाने लगा। उसने एक बार चारों तरफ देखा कि शायद कहीं सोफिया नजर आ जाये, लेकिन वह कहीं नहीं दिखी। दिलकश लड़की थी-उसने सोचा।

तभी उसे टिशू पेपर की याद आयी और उसने जेब से उस कागज को निकाल लिया। उसने उसे टेबल पर फैला दिया और देखने लगा। एक उल्लू की तस्वीर बनी हुई थी।

"इसका क्या मतलब है?" उसने धीरे से कहा, "क्या वह मुझे उल्लू कहना चाहती है या फिर यह कोई संकेत है।"

उसने टिशू पेपर का गोला बनाया और उसे टेबल के नीचे फेंकने ही वाला था कि कुछ सोचकर उसे सलीके से तह करके दोबारा जेब में डाल लिया।

संगीत फिर शुरू हो गया था और इस बार नेल्मा पारम्परिक साँबा डांस कर रही थी। उसके जिस्म में गजब की फुर्ती थी। धीरे-धीरे संगीत तेज होता जा रहा था और उसके पैरों के स्टेप भी। साँबा ब्राजील का पारम्परिक नृत्य है।

इसमें सिर्फ पैरों के स्टेप पर डांस होता है और हाथों को बस आगे-पीछे घुमाते हैं। देखने में काफी आसान लगता है, लेकिन ऐसा है नहीं। पैरों के स्टेप 2/4 की स्थिति में पड़ते हैं और वापस आ जाते हैं।

डांस के चक्कर में सार्जेंट सलीम को खयाल ही नहीं रहा कि वह यहाँ सोहराब के साथ आया था और वह काफी देर से गायब है। इंस्पेक्टर सोहराब उसे बताये बिना चला गया था। उसे यह भी नहीं पता था कि उसे यहाँ बैठकर सोहराब का इंतजार करना है या वह घर जाये।

अचानक उसकी निगाह एक जगह पर ठहरकर रह गयी। उसने दो-तीन बार पलकें झपकायी, जैसे निगाहों को साफ करना चाहता हो। सीढ़ियों पर उसे कुछ ऐसा ही नजर आया था। उसने सीढ़ियों से ऊपर की तरफ एक लड़की को जाते हुए देखा था...बिल्कुल उन दो शक्लों जैसी, जो अब इस दुनिया में नहीं थीं... यानी तीसरी हमशक्ल।

डायनिंग हाल से यह सीढ़ी ऊपर कमरों की तरफ जाती थी। या तो वह लड़की यहां ठहरी हुई थी या किसी से मिलने आयी थी। सार्जेंट सलीम के जेहन में यह खयाल आया और फिर जल्दी से वह टेबल से उठ खड़ा हुआ। वह सीढ़ियों की तरफ तेजी से बढ़ने लगा।

सलीम कॉरिडोर में पहुँचा तो वहा सन्नाटा फैला हुआ था। कोई भी नजर नहीं आ रहा था। कॉरिडोर के दोनों तरफ कमरे बने हुए थे। इसका मतलब यह था कि वह इनमें से ही किसी कमरे में गयी थी।

एक शक्ल के तीन लोग, ऐसा कैसे हो सकता है! आखिर यह मामला क्या

है, दो की मौत हो चुकी है और अब यह तीसरी...यह सब यहाँ इस शहर में क्या कर रहे हैं, आखिर क्या मकसद है इसका...सलीम खड़ा सोचता रहा।

अगर वह किसी से मिलने आयी होगी तो कुछ देर बाद निकलेगी जरूर...अगर वह यहीं ठहरी हुई है तो बात दूसरी है। उसने पहले वाली सम्भावना को सच मानते हुए वहीं रुकने का फैसला किया।

तभी एक कमरे का दरवाजा खुला। कमरे से एक मोटा आदमी निकला। उसने पलटकर सार्जेंट सलीम की तरफ देखा और सीढ़ियों की तरफ बढ़ गया। उसका सर पूरी तरह से गंजा था। सर गंजा ही नहीं था बल्कि चिकना भी था। सार्जेंट सलीम को लगा जैसे कोई छिला हुआ अण्डा चला जा रहा हो। उसकी नाक तोते जैसी थी। आँखों पर उसने गोल चश्मा लगा रखा था।

वह दोबारा पलटकर देखने ही वाला था कि सार्जेंट सलीम ने पांवों को हरकत दे दी। वह किसी तरह का शक पैदा नहीं करना चाहता था कि वह यहां क्यों खड़ा है।

सलीम ने पलटकर पीछे की तरफ कमरे के दरवाजों को देखा, लेकिन सभी दरवाजे पहले की ही तरह बंद थे। वह धीरे-धीरे सीढ़ियाँ उतरने लगा। नीचे हाल में अभी भी साँबा डांस जारी था।

सार्जेंट सलीम जब अपनी टेबल पर पहुंचा तो उसने वहां इंस्पेक्टर कुमार सोहराब को बैठे हुए पाया। वह आराम से बैठा सिगार पी रहा था। इससे पहले कि सलीम कुछ कहता, उसने पूछ लिया, "कहाँ चले गये थे?"

"यही तो आपसे मैं पूछना चाहता हूं।"

"रास्ते में बात होगी, चलो पहले डिनर करते हैं।"

"मुझे भी आपको कुछ बताना है।" सलीम ने बेचैनी से कहा। वह उसे तीसरी हमशक्ल के बारे में बताना चाहता था।

उन्होंने वेटर को खाने का ऑर्डर दिया। कुछ देर बाद दोनों खाना खाने लगे। खाना खत्म करने के बाद बिल चुकाकर दोनों होटल से बाहर आ गये। पार्किंग से घोस्ट निकाली और घोस्ट तेजी से आगे बढ़ गयी।

रात के एक बज रहे थे। घोस्ट भागी चली जा रही थी। सड़क पर सन्नाटा पसरा हुआ था। कुछ एक गाड़ियाँ ही सड़क पर नजर आ रही थीं। कुछ आवारा कुत्ते सड़कों पर आती-जाती गाड़ियों का पीछा करते हुए भौंक रहे थे। उनके भौंकने की आवाज सन्नाटे की खामोशी को तोड़ रही थी।

“आप कहाँ चले गये थे अचानक?” सार्जेंट सलीम ने पूछा।

“तीसरी हमशक्ल के पीछे।”

यह सुनकर सार्जेंट सलीम की आँखें फैल गयीं। यही तो सोहराब को वह बताना चाहता था कि कोई तीसरी हमशक्ल भी है।

“टेबल पर बैठने के कुछ देर बाद ही मैंने एक तीसरी हमशक्ल देखी थी। वह लड़की होटल से बाहर जा रही थी। मेरे पास समय नहीं था कि मैं तुम्हें कुछ बताता।” इंस्पेक्टर सोहराब ने कहा, “मैं जब होटल से बाहर निकला तो वह एक लाल रंग की कार में बैठ रही थी। मेरे देखते-ही-देखते कार आगे बढ़ गयी। कार में एक आदमी और था जो उसे ड्राइव कर रहा था।” इतना कहने के बाद सोहराब किसी सोच में डूब गया।

“फिर क्या हुआ?” सलीम ने उसे खामोश देखकर पूछा।

“ओह हाँ, दरअस्ल अगर मैं अपनी कार को लेने जाता तो फिर उसकी गाड़ी को पकड़ पाना काफी मुश्किल था। मैंने एक प्राइवेट टैक्सी की और उनका पीछा करने लगा।” इंस्पेक्टर सोहराब ने कहा।

“शायद उन्हें एहसास हो गया था कि उनका पीछा किया जा रहा है। वह शहर में इधर-उधर कार को दौड़ाते रहे और एक जगह चौराहे पर रेड लाइट का फायदा उठाते हुए वह निकल जाने में कामयाब रहे।” सोहराब ने कहा।

“वह इसी होटल में ठहरी हुई है, मैंने उसे ऊपर जाते हुए देखा था।” सार्जेंट सलीम ने कहा।

“नहीं वह यहाँ नहीं ठहरी है। मैंने होटल के मैनेजर से चेक किया है।” सोहराब ने पूरे यकीन से कहा।

“आखिर यह हमशक्लों का क्या मामला है, एक ही शहर में तीन-तीन विदेशी हमशक्ल!” सार्जेंट सलीम ने पूछा।

“कोई गहरी साजिश।”

“उनमें से भी दो मर चुकी हैं और अब तीसरी।” सार्जेंट सलीम ने कहा।

कुछ देर बाद सोहराब ने सलीम को उसके घर छोड़ा और खुद कोठी की तरफ रवाना हो गया। सार्जेंट सलीम इतना थक चुका था कि वह बिना कपड़े बदले ही बिस्तर पर जा गिरा। कुछ देर बाद ही उसके खर्राटे गूँजने लगे।

कपड़ों की चोरी

उस लड़की को देखकर कोतवाली इंचार्ज मनीष बुरी तरह से चौंक गया। "तीसरी हमशक्ल!" उसके मुँह से फँसी-फँसी सी आवाज निकली। उसने बड़े ध्यान से लड़की को देखा।

लड़की ने पिंक कलर की मिडी पहन रखी थी। गले में सफेद मोतियों का खूबसूरत हार डाल रखा था। आँखों पर काला चश्मा था, पैरों में ऊँची हील की सैंडल। मनीष अभी भी उसे देखे जा रहा था। इस तरह देखे जाने से लड़की दूसरी तरफ देखने लगी।

"आपकी कोई हमशक्ल भी है क्या... मेरा मतलब है कि थी?" मनीष के मुँह से अनायास ही निकला।

"नहीं... लेकिन आप ऐसा क्यों पूछ रहे हैं।" लड़की ने कहा।

"नहीं कुछ नहीं। इंस्पेक्टर मनीष ने खुद को सँभालते हुए पूछा, "कैसे आना हुआ?"

"मेरा नाम जैसीना है, मेरे होटल रूम में चोरी हो गयी है।" लड़की ने कहा।

"कहाँ?"

"होटल मेरिलबोर्न में।"

कोतवाली के सिपाही भी जैसीना को कनखियों से देख रहे थे। जैसीना अपने होटल के कमरे में हुई चोरी की रिपोर्ट दर्ज कराने आयी थी।

"क्या-क्या चोरी हुआ है?" इंस्पेक्टर मनीष ने पूछा।

“कपड़ों से भरा सूटकेस।”

“मतलब!”

“दरअस्ल मैं पास में ज्यादा कैश नहीं रखती। जो थोड़ा सा कैश था, वह मेरे पर्स में ही था; सभी जरूरी कागजात भी मेरे पर्स में ही थे, कोई महँगा सामान तो नहीं गया है, लेकिन मेरे सारे कपड़े चोर उठा ले गये। कपड़े भी ज्यादा कीमती तो नहीं हैं, लेकिन मैंने सोचा कि पुलिस को इनफार्म कर दूँ।”

यह पूरी बात अँग्रेजी में ही हुई थी। मनीष ने हेड मुँहर्रिर को बुलाकर डिटेल नोट करायी और चोरी की एफआईआर लिखने को कहा। उसके बाद वह होटल मेरिलबोर्न रवाना हो गये।

मनीष को यकीन नहीं हो रहा था कि किस तरह से एक ही शक्ल के तीन लोग हो सकते हैं। अब तक जो कुछ भी हुआ था, उसके सामने हुआ था। इससे वह इनकार भी नहीं कर सकता था।

जब वह होटल मेरिलबोर्न पहुँचे तो वहाँ पहले से ही इंस्पेक्टर कुमार सोहराब और सार्जेंट सलीम मौजूद थे। इतनी मामूली-सी चोरी और खुफिया विभाग...मनीष सोच में पड़ गया।

मनीष के साथ ही कमरे में जैसीना दाखिल हुई थी। जैसीना कुमार सोहराब और सार्जेंट सलीम को ध्यान से देख रही थी।

उधर सलीम भी जैसीना को देखकर चौंक पड़ा। वह बड़े गौर से उसे देख रहा था। इससे पहले भी वह उसकी एक झलक होटल सिनेरियो में देख चुका था। उसने उसका पीछा भी किया था, लेकिन वह किसी कमरे में जाकर गायब हो गयी थी। सार्जेंट सलीम भी सोच में पड़ गया। हूबहू वही शक्लो-सूरत और वही कदकाठी। मर चुकी दोनों लड़कियों से जरा भी अंतर नहीं।

सलीम ने एक खास बात नोटिस की। इंस्पेक्टर कुमार सोहराब ने जैसीना को जरा भी तरजीह नहीं दी थी। सोहराब कमरे की बारीकी से जांच में व्यस्त था।

“कोई खास बात है क्या, जो आपको आना पड़ा?” कोतवाली इंचार्ज मनीष ने सोहराब से पूछा।

“नहीं, बस इधर आया हुआ था, पता चला तो मैंने सोचा देखता चलूं।” सोहराब ने कहा।

कोतवाली इंचार्ज मनीष ने रहस्यमय मुस्कुराहट के साथ उसे देखा। जैसे

उसे सोहराब की बात का यकीन न हुआ हो।

"सार्जेंट साहब क्या नतीजा निकला, आप तो पहले से यहाँ पहुँचे हुए हैं।" मनीष ने पूछा।

"कुछ खास नहीं, चोर, मास्टर चाबी से रूम का दरवाजा खोलकर घुसे थे।"

"ओह।"

यह सारी बात हिंदी में हो रही थी, इसलिए जैसीना के कुछ भी पल्ले नहीं पड़ा। अलबत्ता वह ध्यान से कुमार सोहराब को देख रही थी।

पूरा कमरा तहस-नहस था। चोरों ने बेड का बिस्तर उलट दिया था। ड्रार बाहर निकली पड़ी थी। यहाँ तक कि उन्होंने तकिये के कवर तक उतार दिये थे। चौकी इंचार्ज मनीष के साथ फिंगर प्रिंट दस्ता भी आया था। वह जगह-जगह से उँगलियों के निशान उठाने में व्यस्त थे।

कुछ देर बाद इंस्पेक्टर सोहराब और सलीम वहाँ से रवाना हो गये। कोतवाली इंचार्ज मनीष उन्हें लिफ्ट तक छोड़ने आया था। लौटते वक्त सोहराब के हाथ में सूटकेस था, जबकि वह यहाँ खाली हाथ ही आया था।

दोनों नीचे आकर कार में बैठ गये। कार सोहराब चला रहा था। सार्जेंट सलीम उसकी बगल की सीट पर बैठा हुआ था। सूटकेस को उन्होंने डिग्गी में रख दिया था।

कुछ दूर जाने के बाद सार्जेंट सलीम ने सोहराब से पूछा, "इतने हमशक्ल कैसे हो सकते हैं? दो मर चुकी हैं और अब यह तीसरी भी मरने के लिए आ गयी है!"

"कोई गहरी साजिश रची जा रही है।"

"कपड़ों की चोरी समझ में नहीं आयी।"

"दरअस्ल मकसद कपड़े चुराना नहीं था।" सोहराब ने कहा, "उन्हें किसी चीज की तलाश थी।"

"किस चीज की?"

"पूछने के लिए लड़का भेजा है, पता चलते ही आपको बता दिया जायेगा।" सोहराब ने मुस्कुराते हुए जवाब दिया।

उसके इस जवाब से सार्जेंट सलीम झेंप गया। दरअस्ल उसने एक बेतुका सवाल पूछ लिया था। उसने बात सुधारते हुए पूछा, "दरअस्ल मैं मकसद जानना चाहता हूँ।"

“वह एक या दो लोग थे। उन्हें डर था कि जैसीना कभी भी वापस आ सकती है, इसलिए जितनी जल्दी मुमकिन था उन्होंने कमरे की तलाशी ली। जल्दबाजी में सूटकेस उठाकर फरार हो गये, ताकि इत्मीनान से बाद में सूटकेस की तलाशी ली जा सके।” सोहराब ने कहा।

“उन्हें काउंटर पर सूटकेस ले जाते हुए रोका नहीं गया।” सार्जेंट सलीम ने आश्चर्य से पूछा।

“दरअसल वह एक सूटकेस अपने साथ लाये थे, जिसे उन्होंने वहीं छोड़ दिया था। वह जैसीना का सूटकेस अपने साथ ले गये, इसलिए रिसेप्शन पर बैठे होटल स्टॉफ को शक नहीं हुआ। रंग पर कोई इतना ध्यान नहीं देता। उनका छोड़ा हुआ वह सूटकेस अब मेरे पास है।”

“क्या है सूटकेस में?” सलीम ने अभी तक सूटकेस की तरफ ज्यादा ध्यान ही नहीं दिया था।

“यह तो जाँच में ही पता चलेगा।” इंस्पेक्टर सोहराब ने कहा।

सोहराब की आँखें विंड स्क्रीन पर जमी हुई थीं। उसने पीछे मुड़कर देखा और एक बटन दबाकर बैक मिरर को एडजस्ट किया। उसके होठों पर शरारत भरी मुस्कुराहट फैल गयी।

क़त्ल की साज़िश

सलीम जेब से वॉन गॉग का पाउच निकालकर पाइप में तम्बाकू भरने लगा। सलीम को वॉन गॉग की खुशबू बहुत पसंद थी। पाइप सुलगाकर वह हलके-हलके कश लेने लगा।

विंसेट विलेम वॉन गॉग 19वीं सदी के नीदरलैंड के काफी प्रसिद्ध चित्रकार थे। पाइप में पी जाने वाली इस तम्बाकू का नाम उन्हीं के नाम पर रखा गया था। वॉन गॉग तंबाकू के पाउच पर उनकी कोई न कोई पेंटिंग छपी होती है।

सार्जेंट सलीम ने गौर किया कि कार लगातार शहर में ही घूम रही है।

"हम कहाँ जा रहे हैं?" उसने इंस्पेक्टर सोहराब से पूछा।

"कहीं नहीं।"

"हम लगातार शहर में ही तो घूम रहे हैं!"

"हमारा पीछा किया जा रहा है।"

सार्जेंट सलीम ने घूमकर देखा, पीछे कुछ दूरी पर एक कार आ रही थी। कुछ आगे जाकर सोहराब ने कार को बायीं तरफ जाने वाली रोड पर मोड़ दिया। पीछे आ रही कार भी मुड़ गयी।

"कहीं रुक जाते हैं।"

"तो वह भी रुक जायेंगे।"

"तो क्या इरादा है?"

"मजे ले रहा हूँ उनके।" यह कहते हुए इंस्पेक्टर कुमार सोहराब ने सलीम

के कहने के मुताबिक कार रोक दी। पीछे वाली कार भी कुछ दूरी पर रुक गयी। अचानक ही सोहराब ने कार का एक्सीलेटर दबाया और तीन सेकेंड में ही घोस्ट ने सौ की स्पीड पकड़ ली।

रोड साफ थी और घोस्ट उड़ी चली जा रही थी। आगे जाकर घोस्ट दाहिनी तरफ मुड़ गयी। सलीम ने कुछ देर बाद पलटकर देखा तो पीछा करने वाली कार का कहीं अता-पता भी नहीं था।

घोस्ट अब सिसली रोड की तरफ मुड़ गयी थी। यह रोड शहर से बाहर जाती है। घोस्ट की स्पीड अब और बढ़ गयी थी। आगे जाने पर पहाड़ियों का सिलसिला शुरू हो गया। शहर काफी पीछे छूट गया था।

घोस्ट फुल स्पीड में भागी जा रही थी। सड़क सुनसान पड़ी थी। दूर-दूर तक दोनों तरफ सिर्फ पहाड़ नजर आ रहे थे और बीच में शैतान की आँत-सी लम्बी काली सड़क थी। कभी-कभी नीले साफ आसमान पर सफेद बगुले अँग्रेजी के सात नम्बर की तरह झुण्ड बनाकर गुजर जाते थे। यह दृश्य बहुत मनोरम था।

“अब हम कहाँ जा रहे हैं?” सार्जेंट सलीम ने पूछा। उसे सोहराब की यह बात नागवार गुजरती थी कि वह कुछ भी साफ नहीं बताता था।

“बैठे रहो प्यारे, अभी बताता हूँ।”

कुछ देर बाद घोस्ट की स्पीड कम होने लगी। घोस्ट दाहिनी तरफ मुड़ गयी। कुछ आगे जाकर एक और मोड़ आया और घोस्ट उधर घूम गई और कुछ आगे जाकर फिर रुक गयी। कार एक बड़ी समतल चट्टान पर रुकी थी। सड़क से यह जगह नजर नहीं आती थी। सोहराब कार से उतर पड़ा। दूसरी तरफ का गेट खोलकर सलीम भी गाड़ी से उतर पड़ा।

सोहराब ने डिक्की से सूटकेस उठा लिया। लाल रंग का यह सूटकेस होटल में जैसीना के कमरे से लेकर वह आया था।

कुछ दूर सीधा चलने के बाद कुमार सोहराब बायीं तरफ मुड़कर कुछ आगे जाकर फिर दाहिनी तरफ मुड़ गया। इसके बाद वह एक पहाड़ी दर्रे में उतर गया। सलीम उसके पीछे चल रहा था। यह दर्रा इतना पतला था कि एक बार में एक आदमी ही गुजर सकता था। सलीम यहाँ पहली बार आया था। उसे थोड़ी उलझन होने लगी, क्योंकि उसे यहाँ आने का मकसद अभी तक नहीं पता चल सका था।

कुछ दूर चलने के बाद वह दर्रे से बाहर निकलकर खुले में आ गये। सलीम ने सामने नजर उठायी तो उसकी आँखें फटी की फटी रह गयीं। वह चारों तरफ बड़े ध्यान से देख रहा था। उसके सामने एक खूबसूरत झील दूर तक फैली हुई थी। चारों तरफ पहाड़ ही पहाड़ थे और बीच में यह कुदरती झील थी। बारिश में पहाड़ों पर से बहकर आया पानी यहाँ जमा हो जाता था। पूरे साल यह झील पानी से भरी रहती थी। काफी खूबसूरत इलाका था। झील के आसपास कई सारे ऊँचे ऊँचे पेड़ थे। फूलों के भी हजारों पेड़ आसपास उगे हुए थे। यूँ लगता था कुदरत ने अपने ब्रुश से एक सुंदर पेंटिंग क्रियेट कर दी हो।

सूरज अस्तांचल की ओर बढ़ चला था और ठण्डी हवा चल रही थी। कुछ जलीय पक्षी बड़े आराम से झील के किनारे बैठे हुए थे। यहाँ का नजारा देखकर सार्जेंट सलीम की तबीयत खुश हो गयी। वह धीमे सुर में पुरानी फिल्मी धुन पर सीटी बजाने लगा। सोहराब उसकी खुशी देखकर मुस्कुराये बिना नहीं रह सका।

झील के किनारे पहुँचकर सोहराब ने सूटकेस को बड़े आहिस्ता से जमीन पर रख दिया। सलीम पास ही रेत पर पसर गया था। सोहराब ने जेब से रेशम की डोर की एक लच्छी निकाली और सूटकेस के हैंडल में बाँधने लगा। डोरी बाँधने के बाद एक बड़ा-सा पत्थर भी सूटकेस से बाँध दिया।

सलीम बड़े ध्यान से उसकी सारी कार्रवाई देख रहा था। डोरी बांधने के बाद सोहराब ने पूरी ताकत से सूटकेस को झील में फेंक दिया। बड़े जोर से छपाक की आवाज हुई और सूटकेस गहरे पानी में डूबता चला गया। सूटकेस के पानी में गिरने से मचे शोर से जलीय पक्षी उड़ गये। टिटिहरी ने शोर मचा मचाकर आसमान सर पर उठा लिया।

"यह क्या किया आपने?" सलीम से रहा नहीं गया और उसने पूछ ही लिया। हालांकि उसने फैसला किया था कि वह कुछ भी नहीं पूछेगा अब, क्योंकि सोहराब उसे कुछ भी नहीं बताता था।

सोहराब ने कोई जवाब नहीं दिया, जैसे उसने सुना ही न हो। सलीम मुँह बनाकर दूसरी तरफ देखने लगा। सोहराब ने सिगारकेस से एक सिगार निकाली और उसका कोना तोड़ने लगा। उसकी नजरें सूटकेस के डूबने वाली जगह पर जमी हुई थीं। सिगार सुलगाकर वह कश लेने लगा।

सार्जेंट सलीम भी ध्यान से सूटकेस डूबने वाली जगह को देख रहा था। उसको सोहराब की इस हरकत की वजह समझ में नहीं आ रही थी। दिमाग को

एक झटका देने के साथ ही वह उठ खड़ा हुआ। वह धीरे-धीरे झील के किनारे-किनारे चलने लगा।

बड़ी खूबसूरत जगह है, यहाँ तफरीह के लिए वह जरूर आयेगा। झील के किनारे चलते हुए उसने मन ही मन फैसला किया।

झील के दूसरी ओर पहुँचकर उसने सोहराब की तरफ देखा। सोहराब आराम से बैठा सिगार पी रहा था। सलीम ने झील के किनारे एक पूरा चक्कर लगाया और वापस आकर वहीं पर खड़ा हो गया। सोहराब रेशम की डोरी को धीरे-धीरे खींच रहा था।

सूटकेस बाहर खींचा जा चुका था। सोहराब ने दोनों बटन दबाकर सूटकेस को खोल दिया। सूटकेस के अंदर मटमैला पानी भरा हुआ था। सोहराब ने सूटकेस को उलटकर पानी बाहर फेंक दिया। अंदर एक छोटा-सा डिब्बा था और उससे निकले हुए कुछ तार सूटकेस को बंद करने वाली सिटकिनी से जुड़े हुए थे।

"यह क्या है?" सार्जेंट सलीम ने आश्चर्य से पूछा।

"बम!"

"मतलब?"

"एक और कत्ल की साजिश।"

"किसके कत्ल की?"

"जैसीना के।"

"पूरी बात तो बताइए।"

"जैसीना के कमरे में चोरी से घुसे लोग उसका सूटकेस उठा ले गये थे और यह सूटकेस वहीं छोड़ गये थे। जब मैंने यह सूटकेस चेक किया तो यह मुझे खाली लगा; तभी मुझे शक हुआ था और मैं इसे साथ ले आया।"

"जैसीना के कमरे में सूटकेस छोड़ने की वजह क्या थी?"

"यही एक बात मुझे शुरू से कचोट रही थी कि आखिर एक खाली सूटकेस जैसीना के कमरे में क्यों छोड़ा गया है। शुरू में मुझे लगा था कि शायद इसका मकसद जैसीना का सूटकेस ले जाने के लिए किया गया था, ताकि होटल के स्टाफ को शक न हो, लेकिन शायद बात कुछ और भी थी। खैरियत यह रही कि

जैसीना ने सूटकेस खोला नहीं.... चोरी का पता चलते ही उलटे पाँव बाहर आ गई थी...अगर वह सूटकेस खोलती तो उसके परखच्चे उड़ जाते।"

सार्जेंट सलीम ने चौंककर एक बार दोबारा सूटकेस के अंदर के हिस्से को देखा।

"दरअस्ल सूटकेस में बम फिट किया गया था और जैसीना जैसे ही उसे खोलती, इसमें लगे तार शार्ट सर्किट करते और ब्लास्ट हो जाता; पानी में डूबने से अब यह बेकार हो गये हैं।" सोहराब ने उस छोटे से डिब्बे को हाथों में लेकर देखते हुए कहा।

"खतरनाक साजिश!" सार्जेंट सलीम ने कहा, "लेकिन यह काम तो हम बम निरोधक दस्ते से भी करवा सकते थे, हमें इतनी मगजमारी करने की क्या जरूरत थी?"

"मैं हर काम बहुत खामोशी से करने का आदी हूँ; बम निरोधक दस्ते को बुलाने का मतलब था कि बात कहीं न कहीं लीक होती। होटल में पैनिक भी फैलता, बेवजह अफसरों को भी पूरी तफ्सील बतानी पड़ती। इतने लोगों की जानकारी में बात आने के बाद खबर मीडिया तक पहुँचती और मैं कतई नहीं चाहता कि इस केस से जुड़ी कोई भी बात बाहर जाये। दूसरे, जब तक मैं किसी ठोस नतीजे पर न पहुँच जाऊँ.... बेवजह की किस्सागोई मुझे पसंद नहीं।" सोहराब ने समझाते हुए कहा।

कुछ देर की खामोशी के बाद इंस्पेक्टर सोहराब ने कहा, "हर कदम पर मोहतात रहने की जरूरत है, काफी खतरनाक मुजरिमों से पाला पड़ा है।"

"इसका मतलब यह हुआ कि पहली दोनों हमशक्ल की मौत नेचुरल नहीं थी, बल्कि उन्हें भी कत्ल किया गया था।" सार्जेंट सलीम ने सोचते हुए कहा, "लेकिन यह अजीब बात है कि दोनों के कत्ल की वजह पोस्टमार्टम में भी साफ नहीं हो सकी, अब तीसरी हमशक्ल को भी कत्ल करने की साजिश थी; आखिर इतनी हमशक्ल आ कहाँ से गयी हैं और उन्हें मार क्यों दिया जा रहा है; बहुत अजीब है यह सब!"

"देखते हैं क्या मामला है।" इंस्पेक्टर सोहराब ने बात खत्म करने की कोशिश की।

सोहराब सूटकेस बंद करके चलने के लिए तैयार हो गया। दोनों फिर उसी पहाड़ी दर्रे से बाहर निकल आये। कुछ देर बाद घोस्ट फर्राटे भरने लगी।

वे शहर की तरफ जा रहे थे। कार को सोहराब चला रहा था। कार की स्पीड बहुत तेज थी।

उनकी कार एक बार फिर होटल मेरिलबोर्न की तरफ जा रही थी। सोहराब ने कार को पार्क किया और दोनों डायनिंग हाल में आकर बैठ गये। सोहराब ने एस्प्रेसो कॉफी का ऑर्डर दिया, लेकिन सार्जेंट सलीम ने ब्लैक कॉफी पीने से इंकार कर दिया। उसने अपने लिए फ्रैपे लाने के लिए कहा। यह कोल्ड कॉफी ही थी, लेकिन फाइव स्टार होटलों में इसे फ्रैपे नाम से पुकारते हैं। वेटर आर्डर लेकर चला गया।

"आपने तो काफी बड़ा रिस्क उठाया, अगर बम दग जाता तो हमारे तो चीथड़े उड़ जाते।" सार्जेंट सलीम ने सोहराब से कहा।

"बिलकुल नहीं...जब तक सूटकेस नहीं खोला जाता वह नहीं दग सकता था, शार्ट सर्किट के मैकेनिज्म पर बेस्ड बम था।" सोहराब ने समझाते हुए कहा।

"इस सूटकेस का क्या करेंगे?" सार्जेंट सलीम ने पूछा।

"इसे अपनी लैब में रखूँगा।" सोहराब ने कहा।

"क्या तीन लोगों का हूबहू एक जैसी शक्ल का होना मुमकिन है?" सार्जेंट सलीम ने पूछा।

"इंसान का चाँद पर पहुँच जाना मुमकिन है तो सब कुछ सम्भव है।" सोहराब ने कहा।

वेटर कॉफी ले आया था। सार्जेंट सलीम कॉफी बनाने लगा।

इंस्पेक्टर सोहराब ने महसूस किया कि कोई है जो उनकी तरफ देख रहा है। वह अचानक उठ खड़ा हुआ। उसका रुख बाहर की तरफ था। उसके इस तरह से उठ जाने से सार्जेंट सलीम चौंक पड़ा। इससे पहले कि वह भी उठता, इंस्पेक्टर सोहराब पलट पड़ा।

उसका अंदाज ऐसा था जैसे कुछ याद आ जाने पर वह पलट पड़ा हो। लौटते वक्त उसने ध्यान से देखा एक आदमी उनकी तरफ ही देख रहा था। सोहराब के पलटते ही उसने तेजी से अपना सर नीचे कर लिया था। उसने सर पर फेल्ट हैट लगा रखी थी। हैट उसके चेहरे पर झुकी हुई थी, जिससे उसका आधा चेहरा छुप सा गया था, इसके बावजूद उसकी तोते जैसी नाक सोहराब को नजर आ ही गयी। वह लंबा-चौड़ा आदमी था।

सोहराब बैठकर कॉफी पीने लगा। उसकी समझ में आ गया था कि

मुजरिम, जैसीना और उनकी निगरानी कर रहे हैं। इंस्पेक्टर कुमार सोहराब कुछ सोचने लगा था। तभी उसके चेहरे पर रहस्यमयी मुस्कुराहट फैल गयी।

हब्शी

सुबह के चार बजे थे। सार्जेंट सलीम इस वक्त इंस्पेक्टर कुमार सोहराब की कोठी गुलमोहर विला में मौजूद था। सोहराब दो घण्टे से सार्जेंट सलीम का मेकअप करने में व्यस्त था। आखिरी टच देने के बाद वह सामने से हट गया।

सलीम ने आइने में खुद को देखा तो डर गया। एकबारगी उसको भी यकीन नहीं आया कि ये वही है। उसने दो-तीन बार बिगाड़-बिगाड़कर अपना मुँह आइने में देखा। सोहराब उसकी इस अदा पर मुस्कराये बिना नहीं रह सका।

"मान गये उस्ताद!" सलीम ने सोहराब की तरफ देखते हुए कहा, "यह मेकअप छूटेगा तो नहीं?"

"नहीं मियाँ साहबजादे, यह पक्का मेकअप है, महीने भर तो टस-से-मस नहीं होना है, वैसे इसकी जरूरत लम्बे समय तक रहेगी नहीं।"

सलीम इस वक्त एक यंग अफ्रीकन लग रहा था। काली चमकदार स्किन पर घनेरी भवें थीं, इसके साथ बून स्टाइल की लटकी हुई मूँछें गजब लग रही थीं। नाक के दोनों नथुनों में स्प्रिंग का एक सेट डालकर नाक को थोड़ा चौड़ा कर दिया गया था। शानदार मेकअप था। किसी के लिए भी उसे पहचान पाना नामुमकिन था।

सोहराब ने उसकी छाती और हाथ-पैर तक की स्किन काली कर दी थी। सोहराब ने ऑक्सफोर्ड युनिवर्सिटी में अपनी जासूसी की पढ़ाई के दौरान मेकअप का यह हुनर भी सीखा था। इसमें उसने अपनी तरफ से भी कई नयी

टेक्निक शामिल की थीं। वह एक परफेक्ट मेकअप आर्टिस्ट था।

"मेरा काम क्या होगा?" सलीम ने पूछा।

"आपको जैसीना की हिफाजत करनी है, उसके साथ साय की तरह लगे रहना है।" सोहराब ने कहा।

"यानी मैं बॉडीगार्ड हूँ!" सार्जेंट सलीम ने बुरा-सा मुँह बनाकर पूछा, "अगर जैसीना को खतरा है तो यह काम तो सादा वर्दी में पुलिस वाले भी कर सकते हैं, खामखा के लिए मुझे क्यों....।"

"बेवकूफों जैसी बातें मत किया करो...।" सोहराब ने उसकी बात काटते हुए कहा, "मामला गम्भीर है और हमें बहुत एहतियात बरतनी है; दूसरी बात, आप बॉडीगार्ड नहीं होंगे, आप उसके दोस्त की हैसियत से रहेंगे...आप उसके साथ आराम से घूमिए-टहलिए तफरीह कीजिए।"

तफरीह की बात सुनते ही सलीम का मूड ठीक हो गया। उसने पूछा, "जैसीना इतनी महत्त्वपूर्ण क्यों हो गयी है?"

"आप भूल रहे हो... कल ही उसकी जान सूटकेस बम से लेने की कोशिश हुई है।" इंस्पेक्टर सोहराब ने कहा।

"हमशक्ल होना गुनाह हो गया है शायद; जाना कब है?"

"अभी तुरंत।"

"लेकिन मैंने तो कोई तैयारी ही नहीं की है, यानी मेरे कपड़े वगैरह।"

"आप उसकी फिक्र न कीजिए।"

सोहराब ने नौकर झाना को आवाज दी और उससे सूटकेस लाने को कहा। कुछ देर बाद ही नौकर सूटकेस दे गया।

सलीम सूटकेस खोलकर चेक करने लगा। उसमें पहनने के नये कपड़ों के साथ ही जरूरत का हर सामान मौजूद था। सलीम ने सूटकेस बंद कर दिया। उसने जब सूटकेस के हैंडल पर एयरपोर्ट का टैग लगा देखा तो सोहराब के परफेक्शन का कायल हो गया।

"आप होटल मेरिलबोर्न जाइए, जैसीना के बगल वाला कमरा नंबर 527 ड्यूड होल के नाम से बुक है।"

"ड्यूड ही काफी था, होल लगाना जरूरी था क्या!" सार्जेंट सलीम ने सूटकेस उठाते हुए पूछा।

सोहराब ने हंसते हुए उसे गर्दन से पकड़कर मेकअप रूम से बाहर निकाल

दिया।

सलीम ने बाहर निकलकर कलाई घड़ी पर नजर डाली, रात के साढ़े चार बजने वाले थे। वह कोठी से बाहर आ गया। पोर्च में लाल रंग की मिनी खड़ी थी। सार्जेंट सलीम ने सूटकेस पीछे की सीट पर डाला और ड्राइविंग सीट पर आ बैठा। चाबी इग्निशन में ही लटक रही थी।

उसने कार स्टार्ट की और वह एक झटके से आगे बढ़ गयी। कुछ देर बाद कार सड़क पर फर्राटे भर रही थी। पूरी सड़क सुनसान पड़ी थी। आवारा कुत्ते भी रात भर भूँक-भूँककर थककर कहीं कोने में दुबके सो रहे थे।

कुछ दूर जाने के बाद सार्जेंट सलीम ने बैक मिरर ठीक किया। वह चेक करना चाहता था कि पीछा तो नहीं किया जा रहा है...लेकिन दूर-दूर तक कोई भी गाड़ी नजर नहीं आ रही थी। उसकी आँखें नींद से बोझल हो रही थीं। वह होटल पहुँचकर जल्द से जल्द सो जाना चाहता था। लम्बे मेकअप के बाद वह बहुत थक गया था।

कुछ देर बाद सलीम होटल के सामने था। उसने कार पार्क की और सूटकेस लेकर होटल में दाखिल हो गया। रिसेप्शन से उसने चाबी ली और कमरे में पहुँचते ही सीधे बिस्तर पर गिर गया। कुछ देर बाद ही उसके खर्राटे कमरे में गूँज रहे थे।

मकसद

सार्जेंट सलीम को मेकअप रूम से बाहर करने के बाद सोहराब ने सिगार जलाया और सोफे पर बैठ गया। वह बहुत गम्भीर मुद्रा में था। पाँच दिन गुजर गये थे, लेकिन अभी तक कोई महत्त्वपूर्ण सुराग हाथ नहीं आया था। सुराग के नाम पर महज एक सोने की पिन थी और एक सूटकेस।

उसके पास कुल जमा घटनाओं का एक सिलसिला था, लेकिन उनकी कड़ियाँ मिलती नहीं दिख रही थीं। दो हत्याएँ हुई थीं, जैसीना के कमरे में चोरी हुई थी और हत्या की कोशिश भी हुई थी।

अचानक उसे पीला तूफ़ान का खयाल हो आया। क्या पीला तूफ़ान भी इसी मामले का एक हिस्सा है? दोनों लाशों पर पीला पेंट क्यों था? लेकिन इन सबका मकसद क्या है? कौन है इसके पीछे? 'मकसद' और 'कौन'... यह दो शब्द उसने मन-ही-मन कई बार दोहराये।

इंस्पेक्टर कुमार सोहराब ने सिगार का टुकड़ा ऐश ट्रे में डाल दिया। उससे एक लकीर उठकर छत की तरफ जाने लगी। सोहराब ने भी छत की तरफ देखा और अर्थपूर्ण ढंग से मुस्कुरा पड़ा।

कुछ देर बाद उसने कपड़े बदले। घोस्ट स्टार्ट की और कोठी से निकलकर सड़क पर आ गया। घोस्ट का रुख शहर से बाहर की तरफ था।

जैसीना से मुलाकात

सलीम की आँख जोर-जोर से दरवाजा पीटे जाने के बाद ही खुली थी। पहले तो वह समझा कि ख्वाब देख रहा है, लेकिन कुछ देर बाद ही उसकी समझ में आ गया कि वह होटल में है और कोई कमरे का दरवाजा पीट रहा है।

"ओह ड्यूड! तुम आ गये।" दरवाजा खोलते ही एक लड़की उससे लिपट गयी। वह हड़बड़ाकर कई कदम पीछे हट गया। सलीम **हवन्नक़ों** सा खड़ा पलकें झपका रहा था। उसके चेहरे पर बारह बज रहे थे। उसे देखकर लड़की की हँसी निकल गयी। वह जैसीना थी।

वह फिर से उसके गले लग गयी। सलीम की खुमारी रफूचक्कर हो गयी। यह क्या चक्कर है, क्या वाकई कोई ड्यूड होल है, जिसका जैसीना को इंतजार था? फिर असली ड्यूड कहाँ है? अगर असली वाला आ गया तो मेरा भेद खुल जायेगा। ऐसे कई सारे सवाल तेजी से उसके दिमाग में घूम रहे थे। कभी भी सोहराब पूरी बात नहीं बताता था। वह उलझन में पड़ गया।

"ओह या... कैसी हो तुम!" उसने बमुश्किल कहा। उसने यह बात अँग्रेजी में कही थी, लेकिन उसका लहजा अफ्रीकन था। "मैं तैयार होकर आता हूँ, सो रहा था, प्लीज वेट डियर।"

जैसीना उसके रूम में आकर बैठ गयी और सलीम वाशरूम में घुस गया। कुछ देर बाद दोनों होटल की सीढ़ियाँ उतर रहे थे। सलीम ने ब्ल्यू कलर का कोट-पैंट पहन रखा था। जैसीना ने ब्ल्यू जींस पर मस्टर्ड कलर का टॉप पहना

था। उसने आँखों पर बड़े फ्रेम का चश्मा लगा रखा था। सार्जेंट सलीम जितना काला दिख रहा था, जैसीना उतनी ही गोरी थी।

वह लगातार सार्जेंट सलीम से शिकायत किये जा रही थी कि उसने आने में इतनी देर क्यों लगायी, वह कितने दिनों से यहाँ उसका इंतजार कर रही है। सार्जेंट सलीम को जैसीना की बेतकल्लुफी समझ में नहीं आ रही थी। वह ऐसे सुलूक कर रही थी जैसे वह उसे काफी ज्यादा जानती हो।

सार्जेंट सलीम ने डायनिंग हाल पर एक भरपूर नजर डाली। सुबह के 11 बज रहे थे, इसलिए हाल में ब्रेकफास्ट करने वाले ज्यादा लोग नहीं थे। वे कोने की एक टेबल पर बैठ गये। सार्जेंट सलीम ने वेटर को अकारा और व्हाइट कॉफी का ऑर्डर नोट कराया और वेटर चला गया। सलीम एक अफ्रीकन के मेकअप में था, इसलिए उसने ऑर्डर देते वक्त इस बात का खास खयाल रखा था। अकारा एक अफ्रीकन डिश है, इसे ब्लैक आइड पीज से बनाते हैं।

"तुम अगर फोन कर देते तो मैं तुम्हें एयरपोर्ट लेने आ जाती।" जैसीना ने कहा।

"इट्स ओके, मैं तुम्हारी नींद नहीं खराब करना चाहता था।"

"नींद क्या खराब होनी थी, सुबह की सैर हो जाती, वैसे भी मैं यहाँ बोर ही तो हो रही थी इतने दिनों से।"

"अब बोरियत दूर करने के लिए मैं आ गया हूँ न।" सार्जेंट सलीम ने कहा।

"कितने दिन के लिए आये हो?"

"जब तक तुम चाहो।" उसने गोलमोल-सा जवाब दिया। सलीम के सामने मुश्किल यह थी कि उसे जैसीना के बारे में कुछ भी नहीं पता था। उसे बहुत सँभलकर बात करनी थी।

"ओह यस! फिर तो बहुत मजा आने वाला है।"

"बिलकुल। तुम कब तक हो यहाँ?"

"जब तक तुम कहो।" जैसीना ने शोखी से जवाब दिया। वह शरारत से उसकी आँखों में देख रही थी।

"ऐसे मत देखो वरना मैं बेहोश हो जाऊँगा।"

"मतलब!"

"जेनेटिक प्रॉब्लम है; अगर कोई इस तरह से देखता है तो हमारे खानदान के मर्द बेहोश हो जाते हैं।"

“क्या बकवास है!” जैसीना ने आँखें निकालकर कहा।

“सच कह रहा हूँ, हमारे खानदान में पत्नियों को इस तरह से देखने की इजाजत नहीं है।”

“मुझे बेवकूफ बना रहे हो न!”

“नहीं सच कह रहा हूँ। शादी की पहली रात मेरे बड़े भाई को भाभी ने ऐसे ही देख लिया था, वह बेचारे सारी रात बेहोश पड़े रहे, भाभी पूरी रात परेशानी में कमरे में टहलती रहीं।”

उसकी इस बात पर जैसीना जोर-जोर से हँसने लगी। उसकी हँसी ही नहीं रुक रही थी।

सार्जेंट सलीम को भूख लग रही थी और वेटर अब तक आर्डर लेकर नहीं आया था। उसने दूसरे वेटर को इशारे से बुलाया और उससे आर्डर के बारे में पूछा।

“सर कैसा था वह वेटर... मेरा मतलब है मूँछें थीं क्या उसके?” वेटर ने पूछा।

“जब वह गया था तो क्लीन शेव था, लेकिन अब तक जरूर मूँछें उग आयी होंगी।” सार्जेंट सलीम ने आँखें निकालकर कहा।

वेटर घबराकर चला गया। कुछ देर बाद ही पहले वाला वेटर नाश्ता लेकर आ गया। दोनों नाश्ता करने लगे।

“यह डिश तो बहुत लजीज है कहाँ की है।” जैसीना ने पूछा।

“नाइजीरिया, कैमरून, घाना और सियेरा ल्योन में यह बहुत पॉपुलर है, ब्रेकफास्ट में लेते हैं।” ड्यूड होल बने सार्जेंट सलीम ने जवाब दिया।

सार्जेंट सलीम महसूस कर रहा था कि कुछ दूर बैठा एक मोटा आदमी उन्हें घूरे जा रहा था। सलीम ने भी उसे घूरना शुरू कर दिया। वह आदमी सिटपिटा गया और उसने अपनी नजरें दूसरी तरफ घुमा लीं।

उस आदमी का सर अण्डे की तरह चिकना था, नाक तोते जैसी थी और उसने गोल फ्रेम का चश्मा लगा रखा था। सलीम को लगा कि उसने पहले भी उसे कहीं देखा है। वह नाश्ता करता रहा और सोचता रहा।

आखिर उसे याद आ ही गया। कुछ दिन पहले ही उसने उसे होटल सिनेरियो में देखा था, जब वह खुद जैसीना का पीछा करते हुए सीढ़ियों से ऊपर पहुँचा था।

नाश्ता करने के बाद सलीम ने बिल अदा किया और पाइप में तम्बाकू भरने लगा। पाइप सुलगाकर सार्जेंट सलीम ने कुछ कश लिये और उठ खड़ा हुआ। दोनों डॉयनिंग हाल से बाहर आ गये।

सलीम ने महसूस किया कि वह मोटा आदमी भी उनके साथ ही उठ गया था। सलीम और जैसीना मिनी में बैठ गये। इंजन गुर्राया और कार आगे बढ़ गयी। वे लाँगड्राइव पर निकल पड़े थे।

मिनी, सलीम को बहुत पसंद थी, क्योंकि यह एक कन्वर्टिबल कार थी, यानी उसकी छत को कभी भी एक बटन दबाकर फोल्ड किया जा सकता था। सलीम ने शहर से बाहर निकलते ही कार की छत हटा दी थी। ठण्डी हवा का झोंका बहुत अच्छा लग रहा था।

जैसीना उसके बगल की सीट पर बैठी हुई थी। उसके अखरोटी रंग के बाल सलीम के गालों को बार-बार सहला जाते थे। उनसे निकलने वाली खुश्बू उसे बहुत भली लग रही थी। शहर काफी पीछे छूट गया था। यह इलाका बहुत खूबसूरत था। सड़क के दोनों तरफ सागौन के ऊँचे-ऊँचे पेड़ सर उठाये खड़े थे। आगे एक नदी बहती थी। उनका इरादा वहीं जाने का था।

कार ने एक टर्न लिया और अचानक ही सलीम को तेजी से ब्रेक लगाने पड़े। सड़क पर एक ट्रक आड़ा-तिरछा होकर खड़ा था। उसे इस तरह से खड़ा किया गया था कि बगल से भी निकल पाना मुश्किल था। वह कार का दरवाजा खोलकर बाहर निकलने ही वाला था कि तभी अचानक ट्रक के पीछे से तीन आदमी नमूदार हुए। उनके चेहरे नकाब से ढके हुए थे और उनके हाथों में रिवाल्वर थी।

बदमाश

"अपने हाथ ऊपर उठाओ और कार से बाहर निकलो!" सबसे आगे वाले नकाबपोश ने गुर्राते हुए अँग्रेजी में कहा। वह बहुत मज़बूत जिस्म का था और अपने बाक़ी दो साथियों से जरा लम्बा था। वह उनका सरदार मालूम दे रहा था।

सार्जेंट सलीम चुपचाप कार से नीचे उतर आया। जैसीना दूसरी तरफ से उतरकर सलीम के बगल में आकर खड़ी हो गयी।

"क्या चाहते हो?" ड्यूड होल बने सार्जेंट सलीम ने मिमियाते हुए अंग्रेजी में पूछा, जैसे वह बहुत डरा हुआ हो।

"हमारा तुमसे कोई वास्ता नहीं है, यह लड़की हमारे हवाले कर दो!" बदमाशों के सरदार ने कहा।

"मैंने कब मना किया है सर, आप ले जाइए इसे, मैं खुद इससे बहुत तंग हूँ।" सलीम ने अदब के साथ जरा झुकते हुए कहा।

सार्जेंट सलीम के इस जवाब पर जैसीना उससे थोड़ा दूर हटकर खड़ी हो गयी और उसे घूरने लगी। तीनों नकाबपोश बदमाशों ने भी एक-दूसरे की तरफ ताज्जुब से देखा, फिर उनके सरदार ने बाकी दोनों से कहा, "पहले इन दोनों की तलाशी लो।"

सरदार नकाबपोश ने जैसीना और सलीम को रिवाल्वर के जोर पर कवर कर रखा था। बाकी दोनों बदमाशों ने रिवाल्वर जेब में रख ली और तलाशी के लिए आगे बढ़े।

जैसे ही वह नकाबपोश सार्जेंट सलीम की तरफ बढ़ा कि अफरातफरी मच गयी। तीनों बदमाश जमीन नाप रहे थे। सरदार की रिवाल्वर उसके हाथ से छिटक कर दूर जा गिरी।

अपनी तलाशी लेने आ रहे बदमाश को सार्जेंट सलीम ने उठाकर उसके सरदार पर फेंक दिया था, इसके साथ ही उसने एक भरपूर लात जैसीना की तरफ बढ़ रहे नकाबपोश के पेट पर भी मारी थी।

लात इतनी जोरदार थी कि वह जमीन पर गिरकर दोहरा हो गया था। उसके मुँह से दर्द भरी कराह निकल रही थी। बाकी दोनों भी जमीन पर आ गिरे थे।

सलीम ने यह सारी कार्रवाई इस फुर्ती से की थी कि बदमाशों के होश फाख्ता हो गये। सलीम ने जैसीना को बदमाशों को सुपुर्द करने वाली बात कही ही इसलिए थी, ताकि नकाबपोश बदमाश थोड़ा इत्मीनान में आ जायें। उनके इस इत्मीनान का सार्जेंट सलीम ने भरपूर फायदा उठाया था।

पेट पर लात खाने वाला बदमाश निढाल जमीन पर पड़ा हुआ था। बाकी दोनों बदमाश उठने की कोशिश कर ही रहे थे कि सलीम उनके सर पर पहुंच गया और फिर उसने उन्हें ठोकरों पर ले लिया।

सरदार किसी तरह से उठकर कुछ दूर पड़ी अपनी रिवाल्वर की तरफ लपका, लेकिन सलीम ने बड़ी फुर्ती के साथ उसके मुँह पर जोर का मुक्का मारा। वह पलट पड़ा और सार्जेंट सलीम से लिपट गया।

दोनों गुत्थमगुत्था हो गये। तभी दूसरा नकाबपोश सलीम पर मुक्के बरसाने लगा। सलीम किसी तरह से खुद को छुड़ाने में कामयाब हो गया और फिर दोनो को अपने हाथों पर ले लिया और उन्हें सँभलने का मौका ही नहीं दिया। दूसरे वाले ने रिवाल्वर निकालने की कोशिश की, लेकिन सलीम का हाथ पड़ते ही वह दूर जा गिरी।

मौका पाकर एक बार फिर सरदार ने सलीम को पीछे से कमर पर से पकड़ लिया। कुछ देर के लिए सलीम बेबस हो गया। उनका सरदार वाकई ताकतवर था। सलीम छूटने की कोशिश करने लगा। तभी तीसरे बदमाश ने एक जोरदार पंच सलीम के मुँह पर मारने की कोशिश की। सलीम ने झुकाई दे दी और वह पंच सीधे सरदार के मुँह पर लगा।

पंच पड़ने और सलीम के झुकने से उसकी पकड़ थोड़ा ढीली हो गयी और सलीम ने इसका भरपूर फायदा उठाया। उसने उलटी लात सरदार के घुटनों पर

दे मारी। सरदार की पकड़ छूट गयी और वह कई कदम पीछे हटता चला गया।

लात मारते वक्त सलीम का बैलेंस बिगड़ गया और वह भी जमीन पर आ रहा। वह जब तक उठता, दोनों बदमाशों को मौका मिल गया और वे उसे छोड़-कर भागने लगे। पेट पर लात खाने वाला अब भी निढाल पड़ा हुआ था।

सलीम ने भाग रहे दोनों बदमाशों का कुछ दूर तक पीछा किया, लेकिन जैसीना को अकेले छोड़कर जाना उसे खतरे से खाली नहीं लगा और वह लौट आया।

उसने जेब से रेशम की डोरी निकाली और जमीन पर पड़े बदमाश के हाथ-पैर बाँध दिये। इसके बाद उसकी जेब से रिवाल्वर निकालकर अपनी जेब में डाल ली। जमीन पर पड़ी बाकी दोनों रिवाल्वर भी कब्जे में ले ली।

आगे खड़े ट्रक की उसने तलाशी ली। ट्रक खाली था। उसने ट्रक के आगे के दोनों पहियों की हवा निकाल दी। ट्रक के पीछे जाकर उसने सोहराब को रिपोर्ट दी, ताकि जैसीना सुन न सके। इसके बाद कोतवाली इंचार्ज मनीष का नम्बर डायल करने लगा।

फोन करके वह ट्रक के पीछे से बाहर आ गया। जैसीना डरी-सहमी खड़ी हुई थी। सलीम ने बदमाश को उठाकर पीछे की सीट पर डाला और आगे का गेट खोलकर जैसीना से बैठने के लिए कहा। सलीम ड्राइविंग सीट पर आकर बैठ गया। उसने एक बटन दबाया और कार की छत ढँक गयी। ऐसा उसने बदमाश को छुपाने के लिए किया था।

सलीम ने मिनी स्टार्ट की और उसे बैक करने लगा। लाँग ड्राइव का प्लान बर्बाद हो चुका था। वह यहाँ से जल्द-से-जल्द निकलने की कोशिश में था। इस मेकअप में वह कोतवाली इंचार्ज मनीष के सामने नहीं आना चाहता था। मनीष उसे पहचान नहीं सकता था, लेकिन वह जैसीना को देख चुका था। वह ख्वाहमख्वाह पूछगछ करता। सलीम ने शहर लौटते वक्त रास्ता भी बदल लिया था।

"परेशान मत हो डियर सब ठीक है।" सार्जेंट सलीम ने जैसीना को दिलासा दिया।

वेटर

एक दूसरे रास्ते से सार्जेंट सलीम शहर में दाखिल हुआ और अब उसका रुख कोतवाली की तरफ था। उसने कोतवाली के सामने मिनी रोक दी। गाड़ी के रुकते ही एक सब इंस्पेक्टर और तीन-चार सिपाही आ गये। सार्जेंट सलीम ने नकाबपोश बदमाश को उनके हवाले कर दिया। इंस्पेक्टर सोहराब ने कोतवाली फोन करके इसके लिए पहले ही हिदायत दे दी थी।

कोतवाली से सलीम सीधे अपने होटल पहुँचा। जैसीना और सलीम ने अपने-अपने कमरे में ही दोपहर का खाना खाया। सलीम खाना खत्म करके तौलिये से हाथ पोंछ ही रहा था कि डोरबेल बजी। सलीम ने आगे बढ़कर दरवाजा खोल दिया। वेटर ट्रे लेकर अंदर आ गया।

सलीम ने किनारे हटते हुए कहा, "बर्तन उठा लो और एक कप कैपेचीनो कॉफी।"

"मैं एस्प्रेसो लूँगा।" वेटर ने कहा।

वेटर के जवाब पर सार्जेंट सलीम उछल पड़ा। वह वेटर को देखकर पलकें झपकाने लगा। उसके मुँह से सिर्फ एक शब्द निकला, "आप!"

"हाँ, मियाँ साहबजादे मैं।"

उसके सामने इंस्पेक्टर सोहराब खड़ा हुआ था। उसने वेटर की पोशाक पहन रखी थी। चेहरे पर मेकअप था। सार्जेंट सलीम ने उसे आवाज से पहचान लिया था। सोहराब एक कुर्सी पर बैठ गया।

सलीम ने उसे बदमाशों के हमले की पूरी दास्तान सुना दी। उसकी बात सुनने के बाद सोहराब कुछ देर सोचता रहा, उसके बाद गिरफ्तार नकाबपोश के बारे में बातें शुरू हो गईं।

"बदमाश ने क्या बताया पूछगछ में?" सलीम ने पूछा।

"कुछ खास नहीं...भाड़े का बदमाश है, जरा लंबी कदकाठी वाले नकाबपोश ने उसे और दूसरे बदमाश को अपने साथ जोड़ा था। उन्हें जैसीना का अपहरण करने में मदद करनी थी, दोनो को इस काम के लिए चालीस हजार रुपये देने का वादा किया गया था।"

"इनका सरदार कौन है?"

"उन्होंने देखा नहीं उसे। फोन पर उन्हें यह काम सौंपा गया था। उसके बाद उन्हें वही मज़बूत कदकाठी वाला नकाबपोश मिला था।"

"और ट्रक?"

"उसे आज सुबह ही ट्रांसपोर्ट सिटी से चुराया गया था।"

इंस्पेक्टर सोहराब की बात सुनने के बाद सार्जेंट सलीम होंठ चबाने लगा। कुछ देर बाद उसने पूछा, "यह जैसीना क्या बला है?"

"बला नहीं अबला है।" इंस्पेक्टर सोहराब ने मुस्कुराते हुए कहा।

"यह कौन हैं? कहाँ से आयी हैं? क्या करती हैं?" सार्जेंट सलीम ने एक साथ कई सवाल दाग दिये।

"वह हमारे शहर की मेहमान हैं, घूमने आयी हैं; इत्तेफाकन उनकी शक्ल उन दोनों लड़कियों से मिलती है इसलिए कुछ लोग उनकी जान के दुश्मन बन बैठे हैं, उनकी हिफाजत करना हमारा फर्ज है।"

"यह फर्ज खुफिया विभाग का है!" सार्जेंट सलीम ने व्यंग्यात्मक लहजे में पूछा।

जवाब में इंस्पेक्टर सोहराब मुस्कुरा दिया।

अचानक सलीम को एक और बात याद आ गयी और उसने पूछ भी लिया, "ड्यूड होल कौन है?"

"बता तो चुका हूँ कि जैसीना का दोस्त, क्यों बोर कर रहे हो... एक ही सवाल बार-बार पूछकर।"

"वह तो मैं हूँ, मेरा मतलब है कि अगर असली वाला ड्यूड आ गया तब क्या होगा।"

"तब की तब देखी जायेगी, अभी आपकी जिम्मेदारी जैसीना की हिफाजत करना है।"

सार्जेंट सलीम उसकी बात पर जलभुनकर रह गया। वह समझ गया कि इंस्पेक्टर सोहराब बताना नहीं चाहता। उसने वॉन गॉग का पाउच निकाला और पाइप में तम्बाकू भरने लगा।

अचानक सोहराब ने सलीम को हाथ के इशारे से चुप रहने के लिए कहा, जैसे वह कुछ सुनने की कोशिश कर रहा हो। उसके बाद उसने सलीम के कान में कुछ कहा और खुद अलमारी में छुप गया।

मुख़बिर

सार्जेंट सलीम ने स्प्रिंग मेज से उठाकर फिर से नाक के नथुनों में फिट कर लिए। नथुनों में लगातार स्प्रिंग डाले रखने से उसे हल्का दर्द होने लगा था। उसने खाना खाने से पहले उसे निकालकर रख दिया था। स्प्रिंग नथुनों में फिट करने के बाद उसने शीशा देखा। उसके नथुने पहले जैसे ही चौड़े हो गये थे। अब वह फिर से ड्यूड होल के किरदार में था।

यह सब कुछ उसने बहुत तेजी से किया था। इसके बाद वह दबे पाँव दरवाजे तक जा पहुँचा। उसने बहुत धीरे से सिटकिनी गिरायी और एक झटके से दरवाजा खोल दिया। अचानक दरवाजा खुलते ही धम्म की आवाज के साथ एक वेटर कमरे के अंदर आ गिरा। सार्जेंट सलीम ने जल्दी से दरवाजा फिर से बंद कर दिया।

सलीम पलटा तो देखा कि वेटर खड़ा डर से काँप रहा है। सलीम ने उसे खा जाने वाली नजरों से घूरा। वेटर डरकर उसके पैरों में आ रहा। सलीम उससे दूर हट गया और उसे उठाकर एक जोरदार पंच उसके मुँह पर मारा। वेटर के होंठों से खून की लकीर बह निकली, वह तोते की तरह बोलने लगा।

"सर गलती हो गयी..... एक आदमी ने मुझे दस हजार रुपये दिये थे और कहा था कि मैं आपके कमरे पर नजर रखूँ..... इधर से गुजरते हुए बस मैं यूँ ही अंदर की आवाज सुनने की कोशिश कर रहा था।"

"किसने पैसे दिये थे?"

"उसे मैं नहीं जानता सर।"

"कहाँ मिला था?"

"नीचे डॉयनिंग हॉल में सर!"

सलीम ने मैनेजर को फोन करके अंदर बुला लिया। उसे पूरी बात बताते हुए वेटर को पुलिस को सौंपने के लिए कहा। वेटर लगातार माफी माँग रहा था। मैनेजर ने ड्यूड होल बने सलीम से माफी माँगी और वेटर को लेकर चला गया।

सलीम ने उनके जाते ही कमरे के दरवाजे को फिर से बंद कर दिया और सिटकिनी लगा दी। वह वापस लौटा तो इंस्पेक्टर सोहराब अलमारी से निकलकर बाहर आ चुका था।

"जैसीना की हिफाजत तुम्हारी जिम्मेदारी है यह बात मत भूलना, उस पर अब तक दो बार हमला हो चुका है।" सलीम के वापस आने पर इंस्पेक्टर कुमार सोहराब ने उससे कहा, "जैसीना को लेकर शहर से बाहर मत जाना; आज वह तीन आये थे अब की ज्यादा भी हो सकते हैं, शहर से बाहर उनसे निपटना तुम्हारे लिए मुश्किल होगा।" इंस्पेक्टर सोहराब ने यह कहते हुए बरतनों की ट्रे उठायी और रूम से बाहर निकल गया।

सलीम पाइप पीने ही जा रहा था कि तभी यह वेटर वाली घटना हो गयी। तम्बाकू भरा पाइप ऐसे ही मेज पर रखा हुआ था। उसने पाइप को लाइटर से सुलगाया और धुएँ के छल्ले हवा में उड़ाने लगा।

पाइप पीने के बाद सलीम होटल के कमरे से बाहर निकल आया। उसने कमरा लॉक किया और आगे बढ़कर जैसीना के कमरे की बेल बजा दी। कुछ देर बाद दरवाजा खुल गया। जैसीना सामने खड़ी पलकें झपका रही थी।

"क्या चाहिए?" जैसीना ने मुस्कुराते हुए पूछा।

"एक कप कॉफी।"

"मैं कॉफी नहीं बेचती।" उसने शोखी से मुस्कुराते हुए कहा।

"तुम्हारे साथ पीनी है।" सार्जेंट सलीम ने बूढ़ी औरतों की तरह हाथ नचाकर कहा।

जैसीना हँसते हुए दरवाजे पर से हट गयी और सलीम अंदर आ गया। जैसीना ने दरवाजा भेड़ दिया। उसने फोन पर दो कप कॉफी का ऑर्डर दिया और ड्यूड उर्फ सलीम के सामने आकर बैठ गयी।

"मैं यह कहने आया हूँ कि कहीं भी बाहर जाना होगा तो अकेले मत

निकलना, कोई डोर नॉक करे तो भी बिना 'की होल' से झाँके खोलना मत।”

“आज की घटना से इतना डर गये!” जैसीना ने मुस्कुराते हुए कहा।

“डरा नहीं हूँ... तुम्हारी फिक्र है।” सलीम ने रूमानियत भरी आवाज में कहा।

“ओके डियर।”

“यस डियर।”

“शाम को क्या प्रोग्राम है?”

“कुछ खास नहीं.... मैं....” सलीम कुछ कहने जा रहा था तभी डोरबेल बजी।

“कम इन!” सार्जेंट सलीम ने तेज आवाज में कहा।

वेटर कॉफी की ट्रे टेबल पर रखकर चला गया। जैसीना कॉफी बनाने लगी। सलीम धीमे सुर में सीटी बजाने लगा।

“बहुत रोमांटिक हो रहे हो!” जैसीना ने उसे कॉफी देते हुए कहा।

“नहीं बजाता फिर...।”

“अरे नहीं.... अच्छा लग रहा है... बजाओ न...।”

“शाम को ऊपर की छत पर मिलो, मैं तुम्हें सैक्सोफोन पर एक बेहतरीन धुन सुनाता हूँ।”

“डन।” जैसीना ने कहा।

कॉफी पीने के बाद सार्जेंट सलीम उठ खड़ा हुआ।

“कहाँ जा रहे हो?”

“सोने।”

“इस वक्त।”

“मौत और सोने का कोई वक्त नहीं होता।” सलीम बाहर निकल आया।

बाहर निकलते ही उसे हवा का तेज झोंका महसूस हुआ। वह कमरे की तरफ जाने के बजाय सीढ़ियों की तरफ बढ़ गया। बाहर तेज बारिश हो रही थी। वह फिर वापस पलट पड़ा और कमरे में आकर किसी का नम्बर डायल करने लगा।

दुर्घटना

इंस्पेक्टर कुमार सोहराब होटल में सार्जेंट सलीम से विदा लेने के बाद कोठी आया और लाइब्रेरी में जाकर बैठ गया। उसने रात का खाना भी वहीं खाया था और देर रात तक पढ़ता रहा। रात के साढ़े तीन बजे घोस्ट बँगले से बाहर निकल रही थी।

बारिश रुक गयी थी। पानी से भीगी हुई सड़क पर सन्नाटा फैला हुआ था। शहर को पार कर घोस्ट, फंटूश रोड की तरफ मुड़ गयी।

अभी उसकी कार फंटूश रोड पर कुछ आगे बढ़ी ही थी कि उसने कार की हेडलाइट में एक मोटरसाइकिल सवार को फिसलकर गिरते हुए देखा। उसने कार धीमी कर दी ताकि रुककर गिरने वाले की मदद कर सके। लेकिन गिरने वाला बड़ी फुर्ती से उठकर दोबारा बाइक पर सवार हो गया।

गिरने वाला सेहतमंद था, लेकिन उसकी फुर्ती देखकर इंस्पेक्टर सोहराब को थोड़ा ताज्जुब हुआ। वह कार को धीमी रफ्तार से चलाते हुए उसके करीब पहुँचा ताकि उसका हाल पूछ सके।

कार मोटरसाइकिल के करीब पहुँची ही थी कि मोटरसाइकिल एक कोठी की तरफ मुड़ गयी, लेकिन इंस्पेक्टर सोहराब ने उसकी एक झलक देख ली थी। उसे देखकर वह चौंक पड़ा।

उस आदमी का सर अंडे की तरह चिकना था। नाक तोते की तरह थी और आँखों पर गोल फ्रेम का चश्मा था। उस मोटे आदमी पर नजर पड़ते ही सोहराब कार तेजी से आगे निकाल ले गया। वह नहीं चाहता था कि मोटा आदमी उसको देख सके।

सनकी बूढ़ा

तीसरे पहर से बारिश शुरू हुई और आधी रात तक होती रही। लोगों को पीला तूफ़ान याद हो आया। पीले तूफ़ान के बाद भी ऐसे ही बारिश हुई थी। अभी पखवाड़ा भर ही तो बीता था...अलबत्ता आज की बारिश के साथ कुछ भी अनहोनी नहीं हुई थी। बारिश रुक गयी थी। अब पूरा शहर सीला-सीला सा लग रहा था।

सुबह के चार बजे थे। अभी रात की स्याही चारों तरफ फैली हुई थी। वैसे भी बारिश की रातें ज्यादा काली होती हैं। शहर के बाहरी इलाके की एक कोठी के सामने एक मोटरसाइकिल आकर रुकी।

उस पर से एक मोटा आदमी उतरकर गेट के अंदर चला गया। वह हलका सा लँगड़ा रहा था। उसका सर अण्डे की तरह चिकना था और नाक तोते की चोंच जैसी थी। आँखों पर गोल फ्रेम का चश्मा था। वह एक विदेशी था।

यह कोठी फंटूश रोड पर थी। अँग्रेजों के जमाने में इस सड़क के आगे नदी किनारे सन बॉथ कराने वाला एक क्लब हुआ करता था। उस क्लब का नाम 'फन टू सन' था... क्लब के नाम पर ही इसे 'फन टू सन रोड' कहा जाने लगा।

बाद में लोगों ने अपनी सुविधा के हिसाब से तीनों शब्दों को जोड़ दिया। 'सन' का 'न' अक्षर हटाकर फंटूश बना दिया और अब यह सड़क फंटूश रोड कही जाने लगी। हालाँकि फंटूश स्कॉटिश भाषा का शब्द है, इसका मतलब होता है भड़कीला या दिखावटी, लेकिन यह शब्द हिंदी जैसा ही लगता है।

फंटूश रोड पर कई कोठियाँ बनी हुयी थीं। कभी इनमें अँग्रेज अफसर रहा करते थे। रोड के दोनों तरफ जंगल था। बीच से एक सड़क जाती थी। आगे जाकर यह सड़क नदी के किनारे से घूम जाती थी, उसके आगे फौजी छावनी शुरू हो जाती थी।

मोटे आदमी ने कोठी की सीढ़ियाँ चढ़कर दरवाजे को हल्के हाथ से दस्तक दी, लेकिन हाथ का दबाव पड़ते ही दरवाजा खुल गया। सामने एक बूढ़ा व्हील चेयर पर बैठा हुआ था।

उसके चेहरे पर फ्रेंचकट दाढ़ी थी। लम्बे बाल काँधों पर बिखरे हुए थे। दाढ़ी जहाँ सन-सी सफेद थी तो बाल लाल रंग के थे। बूढ़ा भी विदेशी ही था।

पास ही आतिशदान में आग जल रही थी। बूढ़े के हाथ में गहरे हरे रंग का एक मेढक था। अक्तूबर के महीने में भला कोई आग तापता है! आने वाले ने सोचा। तभी उसकी नजर बूढ़े के हाथ पर गयी। उसके हाथ में मेंढक देखकर वह अचकचाकर रह गया। उसने ऐसा हरा मेढक पहले कभी नहीं देखा था।

“क्यों आये हो?” बूढ़े ने गुर्राकर पूछा। उसकी आवाज बहुत रुआबदार और भारी थी। उसने आने वाले की तरफ देखा तक नहीं था।

“सर.... अब.... क्या... करना है...?” आने वाले मोटे आदमी ने हकलाते हुए पूछा।

“तुम्हें किसने बुलाया है?” बूढ़े ने दोबारा बिना देखे गुर्राते हुए सवाल किया।

“सर... उसे होटल में ही गोली मार दें?” मोटे आदमी ने धीमी आवाज में पूछा।

“तुमसे कुछ नहीं होगा, भाग जाओ यहाँ से।” बूढ़े ने उसी गुर्राहट भरी आवाज में कहा और मेढक को आतिशदान में फेंक दिया।

मेढक कुछ सेकेंड आग में पड़ा रहा और फिर उछलकर बाहर आ गया।

“मुझे माफ कर दें सर... अब गलती नहीं होगी।” आने वाले मोटे आदमी ने चिचियाते हुए कहा। वह अभी तक दरवाजे के पास ही खड़ा था।

“भाग जाओ, दोबारा यहाँ मत आना; आगे क्या करना है तुम्हें मैसेज मिल जायेगा।” बूढ़े के लहजे में जरा भी फर्क नहीं आया था। दोनों के बीच सारी बातचीत अँग्रेजी में हुई थी।

आने वाला मोटा आदमी उलटे पाँव लौट गया। जाने से पहले वह दरवाजा

बंद करना नहीं भूला था। कोठी की सीढ़ियाँ उतरते वक्त वह धीमी आवाज में कुछ बड़बड़ा रहा था।

हलकी-हलकी बारिश फिर शुरू हो गयी थी। बूढ़ा उसी तरह से बैठा रहा। तभी आहट हुई और एक खूबूसरत लड़की कमरे में दाखिल हुई। उसने गुलाबी रंग का नाइट गाउन पहन रखा था। उसके हाथ में ट्रे थी। लड़की ने ट्रे को बूढ़े के सामने मेज पर रख दिया। ट्रे में एक बड़ा-सा प्याला था। लड़की ने प्याले पर से ढक्कन हटा दिया। उसमें मुर्गी के कई अण्डे रखे हुए थे।

पीछा

इंस्पेक्टर सोहराब बहुत दिनों से इस आदमी की ताक में था। सोहराब ने उसे तीसरी हमशक्ल जैसीना के इर्द-गिर्द मँडराते हुए कई बार देखा था। उसे शक था कि जिन तीन आदमियों ने सार्जेंट सलीम पर हमला कर जैसीना का अपहरण करने की कोशिश की थी, उनका सरदार भी यही था।

घोस्ट को आगे ले जाकर इंस्पेक्टर सोहराब ने बैक मिरर ठीक किया। सोहराब ने देखा कि मोटा आदमी अपनी बाइक को खड़ी कर रहा था। उसके बाद वह गेट खोलकर अंदर चला गया।

सोहराब उसी रफ्तार से कार को आगे बढ़ा ले गया। उसे पक्का यकीन था कि मोटा आदमी यहाँ नहीं रहता है, वरना रात में वह बाइक गेट के बाहर नहीं छोड़ता।

टर्न लेकर कोठी से काफी दूर कार रोककर वह खड़ा हो गया। उसने घोस्ट की हेडलाइट्स भी बुझा दीं। वह कहीं और जाने के लिए निकला था, लेकिन अब उसने अपना इरादा तर्क कर दिया था।

उसने कार के ग्लव्ज कम्पार्टमेंट से एक छोटी-सी दूरबीन निकाली। माचिस की डिबिया जितनी बड़ी यह सिंगल लेंस दूरबीन थी। उसने उसके शीशे बाहर खींच दिये। अब यह एक लम्बी दूरबीन में तब्दील हो गयी थी। सोहराब ने उसे आँखों पर लगाकर गेट की तरफ देखा। वहाँ सन्नाटा था।

उसने दूरबीन को डैशबोर्ड के ऊपर रख दिया। जेब से सिगार केस निकाला

और एक सिगार निकालकर उसका कोना तोड़ने लगा।

सिगार सुलगाने से पहले उसने घोस्ट पर काले शीशे चढ़ा लिये। सामने विंडस्क्रीन पर भी सनवाइजर लगा दिया, ताकि सिगार की आग दूर से नजर न आये। इसके बाद उसने सिगार जला ली। बीच-बीच में वह दूरबीन से गेट को जरूर चेक कर लेता था।

सोहराब सिगार के हल्के-हल्के कश लेने लगा। वह दिमाग में घटनाओं की कड़ियाँ जोड़ने लगा। कुछ घटनाएँ थीं, लेकिन वह आपस में जुड़ नहीं रही थीं। बीच की कई कड़ियाँ टूटी हुई थीं। कुछ सुराग हाथ लगे थे, लेकिन अभी उनसे कुछ नतीजा नहीं निकल रहा था। सोहराब ने दूरबीन से एक बार फिर गेट की तरफ देखा।

उसे ज्यादा इंतजार नहीं करना पड़ा। गेट पर मोटरसाइकिल की हेडलाइट नजर आयी। उसने सिगार को ऐश ट्रे में बुझा दिया। मोटरसाइकिल कुछ आगे निकल गयी तो उसने अपनी कार स्टार्ट कर दी। एहतियात के तौर पर कार की हेडलाइट्स नहीं जलायीं और मोटरसाइकिल का पीछा करने लगा।

वह दूरी बनाकर मोटरसाइकिल का पीछा करता रहा। कुछ देर बाद मोटरसाइकिल शहर में दाखिल हो गयी। कुछ आगे जाने के बाद वह एक कॉलोनी में मुड़ गयी। मोटरसाइकिल को कॉलोनी की तरफ मुड़ता देखकर सोहराब ने कार की स्पीड बढ़ा दी और कॉलोनी के गेट के पास पहुँचकर कार रोक दी। मोटरसाइकिल कहीं नजर नहीं आ रही थी।

यह एक पॉश इलाका था। यहाँ बड़े ऑफिसर और पैसे वाले लोग रहते थे, इस वजह से सुरक्षा चाकचौबंद थी। रात के इस पहर अंदर जाने के लिए सोहराब के पास कोई मुनासिब बहाना नहीं था। वह सिक्योरिटी गार्ड को अपना परिचय नहीं देना चाहता था। उसने तय किया कि दिन में आकर किसी वक्त चेक करेगा।

नाइट क्लब में हंगामा

ड्यूड होल उर्फ सार्जेंट सलीम हमले के बाद से होटल से बाहर नहीं निकला था। सिर्फ खा रहा था और सो रहा था।

शायद वह कुछ देर अभी और सोता, लेकिन फोन की घण्टी से उसकी आँख खुल गयी। दूसरी तरफ सोहराब था।

"मैंने तुम्हें शहर से बाहर जाने से रोका था... यह नहीं कहा था कि होटल में ही बंद रहो दिन-रात... जैसीना को लेकर शहर में घूमो-टहलो।"

"जो हुक्म मेरे आका!" सलीम ने जवाब दिया।

दूसरी तरफ से फोन काट दिया गया।

सलीम ने घड़ी देखी। शाम के साढ़े सात बजे थे। उठकर वह सीधे वाशरूम में घुस गया। शॉवर चलाया और उसके नीचे खड़ा हो गया। सारी सुस्ती पानी के साथ बह गयी।

कुछ देर बाद वह तैयार होकर रूम से बाहर निकला। उसने 'न्यूड कलर' का सूट पहन रखा था। आँखों पर गोल्डन फ्रेम का चश्मा था।

फ़ैशन की भाषा में न्यूड का मतलब चमड़ी के ख़ास रंग से होता है। यहाँ न्यूड का अर्थ नंगा नहीं बल्कि साँवली रंगत से होता है। ऐसे लोग जब अपने बदन के रंग जैसे कपड़े पहनते हैं तो कहा जाता है कि उसने न्यूड कलर की ड्रेस पहनी है। इन दिनों सार्जेंट सलीम अफ्रीकन गेटअप में था।

सलीम ने अपना कमरा लॉक किया और फिर जैसीना के कमरे की बेल

बजा दी।

कुछ इंतजार के बाद जैसीना ने दरवाजा खोल दिया। उसने नाइट गाउन पहन रखा था...शायद वह भी सोती रही थी। ड्यूड होल उर्फ सार्जेंट सलीम को सूटबूट में देखकर उसने पूछा, "कहाँ की तैयारी है?"

"नीचे आओ, तय करते हैं क्या करना है।"

"ओके मैं तैयार होकर आती हूँ।"

"मैं डायनिंग हाल में तुम्हारा इंतजार कर रहा हूँ।"

सलीम के जाने के बाद जैसीना ने दरवाजा बोल्ट किया और तैयार होने चली गयी।

सार्जेंट सलीम डायनिंग हॉल में पहुँचा। वहाँ अभी ज्यादा भीड़ नहीं थी। उसने एक उचटती नजर लोगों पर डाली और एक मेज के सामने जाकर बैठ गया। कुछ देर बाद ही वेटर आ गया।

"एक फ्रैपे।"

वेटर चला गया। सार्जेंट सलीम ने जेब से वॉन गॉग का पाउच निकाला और पाइप में तम्बाकू भरने लगा। तम्बाकू भरकर उसने लाइटर से पाइप सुलगा लिया और हलके-हलके कश लेने लगा।

कुछ देर बाद वेटर कॉफी ले आया। कॉफी खत्म होते ही जैसीना भी आ गयी। वह सार्जेंट सलीम के सामने बैठ गयी।

"सो ब्यूटीफुल!" सार्जेंट सलीम ने उसकी तरफ देखते हुए कहा।

"थैंक्यू।" जैसीना ने मुस्कुराते हुए जवाब दिया।

जैसीना ने गुलाबी रंग का गाउन पहन रखा था। उसके जिस्म की गुलाबी रंगत उन कपड़ों में खिली-खिली पड़ रही थी।

"खूब सोये हो आज।" जैसीना ने उसकी तरफ देखते हुए कहा।

"इंसान दो ही काम के लिए बना है, खाना और सोना।"

"मैं नहीं मानती।"

"नहीं मानतीं तो साबित कीजिए।"

"और भी बहुत काम करता है इंसान।"

"उसके सब काम बेकार के ही हैं, सारे काम खाने और सोने पर ही खत्म होते हैं.... और फिर थककर एक दिन लम्बी नींद में भी सो जाता है।"

"बड़ी फ्लॉसफी झाड़ रहे हो।"

"गलती से आज सुबह नाश्ते में चाय के साथ फ्लॉसफी की किताब के कुछ पन्ने खा गया हूँ।"

सलीम की इस बात पर जैसीना हँसने लगी।

"आओ अब चलें।"

"कहाँ?"

"खाने और सोने के अलावा इंसान घूमता भी है।" सार्जेंट सलीम हँसते हुए बोला। दोनों उठ गये।

सलीम और जैसीना डायनिंग हाल से उठकर बाहर आये और मिनी में सवार हो गये। उनकी कार रेड मून नाइट क्लब की तरफ जा रही थी।

क्लब से निकलते ही उनका पीछा शुरू हो गया। एक कार दूरी बनाकर पीछे लगी हुई थी। कार में दो लोग सवार थे। सार्जेंट सलीम इससे बेखबर था और अपनी ही हाँके जा रहा था। उसकी बातों पर जैसीना ठहाके लगा रही थी।

कुछ देर बाद सार्जेंट सलीम और जैसीना कार से उतरकर नाइट क्लब आ गये। पूरा क्लब भरा हुआ था।

पीछा करने वाली कार के दोनों आदमी भी उनके पीछे-पीछे क्लब में दाखिल हुए थे।

सार्जेंट सलीम ने हॉल में बैठे लोगों पर एक नजर डाली और सीधे बाल रूम का रुख किया। रास्ते में एक आदमी उससे टकरा गया। टकराहट के साथ ही सलीम ने कोट की जेब पर हलका-सा दबाव महसूस किया। उसने तुरंत जेब में हाथ डाला। वहाँ एक कागज का टुकड़ा पड़ा हुआ था।

सार्जेंट सलीम असमंजस में पड़ गया। वह बालरूम में दाखिल हुआ और हॉल में पड़ी एक मेज के करीब जाकर बैठ गया। यहा तेज संगीत बज रहा था। कुछ जोड़े फ्लोर पर फॉक्सट्राट डांस कर रहे थे। कुछ लोग हॉल में रखी कुर्सियों पर बैठे थे। यह सभी एक राउंड डांस कर चुके थे।

"मैं वाशरूम होकर आया।" सार्जेंट सलीम ने जैसीना से कहा और अपनी सीट से उठ गया।

वाशरूम में सलीम ने कागज का टुकड़ा निकाला। इंस्पेक्टर सोहराब की खास तरीके की राइटिंग उसने पहचान ली। इस राइटिंग का इस्तेमाल खास तौर से संदेश देने के लिए वह करता था।

कागज पर लिखा था, 'होशियार रहो, दो लोग तुम्हारा पीछा करते हुए

क्लब तक आये हैं। वे अब भी क्लब में ही मौजूद हैं, जैसीना का खयाल रखना।'

मैसेज पढ़कर सार्जेंट सलीम ने कागज कोट की जेब में रख लिया। उसे जैसीना की फिक्र होने लगी और वह तेजी से बाल रूम की तरफ पहुँचा। जैसीना बैठी हुई थी।

कुछ देर बाद सार्जेंट सलीम और जैसीना भी फ्लोर पर पहुँच गए और संगीत की लय पर नृत्य करने लगे। सार्जेंट सलीम अच्छा डांस कर लेता था।

संगीत की लय के साथ ही उसके डांस में तेजी आती जा रही थी। उसने तेजी के साथ डांस करते हुए फ्लोर का एक राउंड लगाया। उसके बाद उसने जैसीना का हाथ पकड़कर घुमा दिया और वह तीन चक्कर घूमकर उसकी बाँहों में आ रही। उसका डांस देखकर जैसीना उसे तारीफी नजरों से देख रही थी।

तेज होते-होते संगीत अचानक रुक गया और इसी के साथ डांस फ्लोर पर नृत्य कर रहे लोगों के पैर भी थम गये। लोग फ्लोर से उतरकर नीचे आ गये। सार्जेंट सलीम और जैसीना भी नीचे आकर एक मेज के सामने बैठ गये।

"बहुत बेहतरीन डांस करते हो।"

"यह डांस था! सार्जेंट सलीम ने आश्चर्य से पूछा, "यह तो लोमड़ी की उछलकूद है।"

"मतलब!"

"फॉक्सट्रॉट नाम से ही पता चलता है कि लोमड़ी की उछलकूद है, यानी फॉक्स और ट्रॉट, अब अगर इसे लोमड़ी की उछलकूद कहेंगे तो बुरा लगेगा।"

जैसीना हँसने लगी।

कुछ देर बाद संगीत फिर बजने लगा और जोड़े डांस के लिए फ्लोर पर जाने लगे। संगीत तेज होने लगा और सार्जेंट सलीम और जैसीना की बातचीत रुक गयी। दोनों फ्लोर पर लोगों को डांस करते हुए देख रहे थे।

तभी एक आदमी कुर्सी से उलझकर जैसीना पर आ रहा। सार्जेंट सलीम ने पहले ही उसे कुर्सी से उलझते हुए देख लिया था और यह भी देख लिया था कि उसके हाथ में एक सुनहरी पिन है।

क़त्ल की कोशिश

सार्जेंट सलीम ने फौरन ही उसका पिन वाला हाथ पकड़ लिया और दूसरे हाथ से उसके मुँह पर एक जोरदार मुक्का दे मारा। मुक्का खाने वाले का संतुलन बिगड़ गया और वह मेज समेत जमीन पर जा गिरा।

उसके सर पर लगा हैट भी गिर गया। उसे देखते ही सार्जेंट सलीम की आँखें फैल गयीं। यह वही गंजे सर वाला मोटा आदमी था, जो एक दिन पहले भी उन्हें अपने होटल में मिला था। शायद उसने गंजा सर छुपाने के लिए ही हैट लगाया था, वरना रात को हैट लगाने का कोई मतलब नहीं था। इस वक्त उसकी आँखों पर गोल फ्रेम वाला चश्मा भी नहीं था। वह सार्जेंट सलीम और जैसीना का पीछा करते हुए ही यहाँ आया था।

गंजा आदमी उठने की कोशिश कर ही रहा था कि सलीम ने उसकी कनपटी पर एक जोरदार पंच और मारा। तभी सलीम की कनपटी पर पीछे से इस जोर का मुक्का पड़ा कि वह चकरा गया। कोई और होता तो चारों खाने चित हो गया होता, लेकिन वह सलीम था। उसने पलटकर उस गंजे के दूसरे साथी को भरपूर जवाब दिया।

दोनों ही सलीम पर हमलावर हो गये थे। सलीम खुद को बचा भी रहा था और उन पर मुक्के भी बरसा रहा था। सलीम ने दोनों की भरपूर ठुकाई कर दी।

इस मारपीट से बाल रूम में डांस रुक गया और भगदड़ मच गयी। किसी ने चिल्लाकर पुलिस बुलाने को कहा। लोग कुर्सी और मेज से टकराते हुए बाहर

भाग रहे थे। वह दोनों बदमाश भी भीड़ का फायदा उठाकर भाग निकले।

सलीम जब पलटकर जैसीना की मेज पर लौटा तो वह डरी-सहमी बैठी हुई थी। वह आँखें फाड़-फाड़कर मेज पर पड़ी सुनहरी पिन को देख रही थी।

"तुमने पिन को छुआ तो नहीं?" सलीम ने पूछा।

जैसीना ने डरे-डरे से अंदाज में नहीं में सर हिला दिया।

सलीम ने जेब से रूमाल निकालकर हाथ में लिया और उससे पिन को उठाकर देखने लगा। यह बिलकुल वैसी ही पिन थी, जैसी इंस्पेक्टर कुमार सोहराब मालखाने से लेकर आया था। पहले वाली पिन दूसरी हमशक्ल लाश के पास मिली थी। सलीम ने पिन को रूमाल में लपेटकर जेब में रख लिया।

जैसीना सार्जेंट सलीम की सारी कार्रवाई बड़े ध्यान से देख रही थी।

"तुम इस पिन का क्या करोगे?" उसने सहमी हुई आवाज में पूछा।

"अपने म्यूजियम में रखूँगा... आओ अब चलें।"

उल्लू

सार्जेंट सलीम को पता था कि कुछ देर बाद ही पुलिस वहाँ पहुँचेगी। वह बेवजह पुलिस के सवालों का सामना नहीं करना चाहता था। वैसे भी वह ड्यूड होल के मेकअप में था। वह तेजी से मिनी की तरफ बढ़ गया।

कुछ देर बाद मिनी सड़क पर दौड़ रही थी। उसका रुख होटल मेरिलबोर्न की तरफ था। कार सार्जेंट सलीम ही ड्राइव कर रहा था। वह बहुत उलझन में था। तीसरी हमशक्ल उसके लिए परेशानी का सबब बन गयी थी। अब तक दो बार तीसरी हमशक्ल की जान लेने की कोशिश हुई थी और एक बार अपहरण करने की।

कई सारे सवाल उसके जेहन में दौड़ रहे थे। आखिर एक जैसी तीन हमशक्ल औरतें कैसे हो सकती हैं? यह तीसरी हमशक्ल कौन है? कौन लोग हैं जो तीसरी हमशक्ल की जान लेना चाहते हैं? इंस्पेक्टर सोहराब क्यों उससे ही उसकी निगरानी करा रहा है?

"भाड़ में जायें सब!" उसने धीरे से हिंदी में कहा।

"क्या हुआ?" जैसीना ने उसकी तरफ देखते हुए अंग्रेजी में पूछा।

सलीम ने कोई जवाब नहीं दिया और होंठ भींचे गाड़ी चलाता रहा। उसका मूड ऑफ हो गया था।

वह दोनों सीधे होटल पहुँचे। कार को पार्क करने के बाद सार्जेंट सलीम ने जैसीना को उसके कमरे तक छोड़ा। उसने जाते वक्त उससे कमरे से बाहर न

निकलने के लिए सख्त ताकीद की थी।

सार्जेंट सलीम ने अपने कमरे में दाखिल होते हुए महसूस किया कि कोई अंदर है। उसका हाथ कोट की जेब में पड़ी बैरेटा की मूठ पर कस गया। यह इटली मेड बीस कैलिबर की सबसे छोटी पिस्टल होती है, सिर्फ 125 एमएम की।

"आ जाओ मैं हूँ।" अंदर से जानी-पहचानी सी आवाज आई।

वह अंदर पहुँचा तो इंस्पेक्टर सोहराब बैठा सिगार पी रहा था।

"आप... अंदर कैसे आए?"

"मास्टर की।"

सार्जेंट सलीम ने देखा कि इंस्पेक्टर सोहराब वेटर की ड्रेस में था। वह जाकर सोहराब के सामने बैठ गया। सलीम का मूड अब भी उखड़ा हुआ था।

"क्या हुआ... बेवाओं जैसा मुँह क्यों बनाये हुए हो?"

"आखिर यह हो क्या रहा है... मेरी तो कुछ समझ में नहीं आ रहा है?"

"बताता हूँ, पहले वह सुनहरी पिन निकालो।" इंस्पेक्टर सोहराब ने कहा।

सार्जेंट सलीम की आँखें फैल गयीं। उसने सोहराब की तरफ ध्यान से देखते हुए पूछा, "इसका मतलब आप वहाँ मौजूद थे।"

सोहराब मुस्कुराने लगा।

"वह मोटा गंजा हाथ से निकल गया। मैं तो उसे पकड़कर सब कुछ उगलवाना चाहता था।"

"वह सिर्फ एक मोहरा है, उसे ज्यादा कुछ पता नहीं होगा, उसके पीछे कोई और है... हम एक आदमी को गिरफ्तार करके गैंग को सतर्क कर देंगे।" सोहराब ने सिगार बुझाते हुए कहा, "वह लगातार हमारा पीछा कर रहे हैं, इसका सीधा-सा मतलब है कि वह भी हमारी टोह में हैं। तुम सतर्क नहीं हो। नाइट क्लब जाते वक्त तुम्हारा पीछा होता रहा और तुम्हें पता तक नहीं चला।"

सार्जेंट सलीम ने कोई जवाब नहीं दिया। उसने रूमाल खोलकर इंस्पेक्टर सोहराब के सामने रख दिया। रूमाल पर सुनहरी पिन चमक रही थी। सोहराब ने हाथों पर दस्ताने चढ़ा लिए और पिन को देखने लगा।

कुछ देर जाँच करने के बाद उसने कहा, "तुमने होशियारी दिखायी... वरना जैसीना की जान जा सकती थी, इस पिन पर भी जहर लगा होगा।"

"क्या मतलब है आपका?"

"तुम्हारी अक्ल घास चरने चली गयी है शायद। हम पहले भी एक पिन पा चुके हैं और उसकी लैब जाँच मैंने तुम्हारे सामने ही की थी, उसमें जहर लगा हुआ था।"

सार्जेंट सलीम कुछ नहीं बोला। इंस्पेक्टर सोहराब ने पिन को एक कागज में लपेटकर माचिस की डिबिया में रख लिया। इसके बाद उसने सार्जेंट सलीम से कहा, "इस रूमाल का इस्तेमाल अब मत करना, इसे जला देना...हाँ, अब बताओ क्या पूछ रहे थे।"

"जैसीना कौन है? उसे कत्ल करने की कोशिश क्यों हो रही है?"

"हर बार यह सवाल क्यों पूछते हो!" सोहराब ने खीझते हुए कहा, "अगर यही पता चल गया होता तो केस ही न हल हो जाता।"

सार्जेंट सलीम को पाइप की तलब लगने लगी। उसने जेब से वॉन गॉग का पाउच निकाला। पाउच के साथ ही एक टिशू पेपर भी निकल आया। सलीम उसे फेंकने जा ही रहा था कि उसे कुछ याद हो आया और उसने उसे खोल डाला। उस पर पेन से उल्लू की तस्वीर बनी हुई थी।

"क्या है यह?" इंस्पेक्टर कुमार सोहराब ने पूछा।

सार्जेंट सलीम ने होटल सिनेरियो में डांस ट्रेनर सोफिया के मिलने वाली पूरी बात उसे बता डाली। यह भी कि वह उठकर वाशरूम तक गया था और जब लौटकर आया तो टेबल पर टिशू पेपर पर बनायी हुई यह तस्वीर मौजूद थी और डांस ट्रेनर सोफिया गायब थी। सोहराब टिशू पेपर लेकर देखने लगा। वह बहुत देर तक खामोशी से तस्वीर देखता रहा।

"तुमसे एक बड़ी गलती हो गयी है... बहुत बड़ी गलती।" सोहराब ने कुछ देर बाद उसे घूरते हुए कहा।

"कैसी गलती?"

"तुम यह बात एक हफ्ते बाद बता रहे हो; इस तस्वीर में एक इशारा छुपा हुआ है।"

"कैसा इशारा?"

"सोफिया ने तुम्हें उस मोटे गंजे आदमी की तरफ इशारा किया है... इस उल्लू की तस्वीर के जरिये।" यह कहते हुए सोहराब ने तस्वीर सार्जेंट सलीम के सामने रख दी।

"दिमाग पर जोर डालो... जिसकी आज तुमने नाइट क्लब में पिटाई की है... उस गंजे आदमी की नाक तोते जैसी है और वह आँखों पर गोल फ्रेम का चश्मा लगाता है; क्या वह चश्मे और तोते जैसी नाक के साथ उल्लू जैसा नहीं

दिखता?”

सार्जेंट सलीम ने ‘हाँ’ में सिर हिला दिया।

सोहराब कुछ देर सोचता रहा उसके बाद उसने सलीम से कहा, “हमने बहुत वक्त बर्बाद कर दिया। काफी पहले ही इस उल्लू जैसी शक्ल वाले आदमी के बारे में जान चुके होते, अगर तुमने यह सब पहले बता और दिखा दिया होता।”

सलीम ने खामोशी ही इख्तियार किये रखी। वह बहुत खिसियाया हुआ था।

“क्या तुम्हें सोफिया फिर नजर आयी?”

“नहीं।”

“वह हमारे लिए महत्त्वपूर्ण हो सकती थी। तुम्हारी गलती से हमने एक बड़ा मौका गंवा दिया।” सोहराब खीझा हुआ था, “बहरहाल आगे से ध्यान रखना... अगर सोफिया कहीं भी नजर आये तो उसका पीछा करना। बाकी मैं चेक करता हूं कि शहर में उसके जैसी कोई डांस ट्रेनर है क्या? हालाँकि मुझे पूरा यकीन है कि उसने झूठ बोला था कि वह डांस ट्रेनर है।”

इंस्पेक्टर सोहराब उठकर तेजी से कमरे से बाहर निकल गया। सलीम उसे जाते हुए देखता रहा।

तलाश

इंस्पेक्टर सोहराब घोस्ट ड्राइव कर रहा था। उसका रुख शहर के किनारे बनी एक पॉश कॉलोनी की तरफ था। वह उल्लू जैसी शक्ल वाले उस आदमी को कॉलोनी में जाते हुए देख आया था। वह जानना चाहता था कि आखिर उसकी शख्सीयत क्या है और वह किस रूप में कॉलोनी में रहता है, क्योंकि वह एक विदेशी था।

घोस्ट, कॉलोनी के गेट पर पहुँची तो इंस्पेक्टर सोहराब ने देखा कि कोतवाली इंचार्ज मनीष की जीप गेट से बाहर आ रही थी। उसने सोहराब को देखकर गाड़ी रुकवा ली और उतरकर नीचे आ गया।

"यहाँ कैसे?"

"आग लगने से एक विदेशी की मौत हो गयी है।"

"मेरी गाड़ी में बैठो।"

इंस्पेक्टर मनीष की कार में बैठते ही घोस्ट कॉलोनी के अंदर दाखिल हो गयी।

"पूरी बात बताओ।"

"एक फ्लैट में आग लगने की सूचना आयी थी। फायर ब्रिगेड के साथ ही मैं भी पहुँचा था। अंदर एक विदेशी आदमी की लाश मिली है। समझा जा रहा है कि दम घुटने से मौत हुई है, क्योंकि आग उस तक नहीं पहुँच सकी थी।"

सोहराब जब फ्लैट के सामने पहुँचा तो लाश का पंचनामा भरा जा रहा था। उसने लाश पर से चादर हटाकर देखा तो उसका शुबहा यकीन में बदल गया।

किताब

सामने उसी गंजे आदमी की लाश थी। वही गंजा आदमी जिसकी तोते जैसी नाक थी। रात ही सार्जेंट सलीम ने उसकी पिटाई की थी। इस आदमी ने जैसीना की पिन से जान लेने की कोशिश की थी। लाश देखने के बाद से इंस्पेक्टर कुमार सोहराब बहुत भन्नाया हुआ था।

वह सीढ़ियाँ चढ़ते हुए फ्लैट के अंदर चला गया। आग बुझायी जा चुकी थी। धुएँ की बदबू पूरे फ्लैट में छायी हुई थी। जगह-जगह पानी फैला हुआ था। वहाँ पुलिस की टीम मौजूद थी। तकरीबन सब कुछ जल गया था, फिर भी इंस्पेक्टर सोहराब हर जगह का बहुत बारीकी से मुआयना कर रहा था।

बाहरी कमरा देखने के बाद सोहराब बेडरूम में पहुँच गया। वह यह देखकर चौंक गया कि उसके रूम की अलमारी में बहुत सारी किताबें रखी हुई थीं। यह हिस्सा आग की नजर होने से बच गया था। सोहराब ने अलमारी खोल ली और किताबें देखने लगा। सभी किताबें अँग्रेजी में थीं। अहम बात यह थी कि यह सारे ही उपन्यास थे। सोहराब को ताज्जुब हुआ कि मरने वाले को पढ़ने का भी शौक था। उसने सारी किताबें एक-एक करके देख डालीं। सोहराब ने एक पॉकेट बुक्स को सेल्फ से निकालकर कोट की अंदरूनी जेब में रख लिया।

खिड़की के करीब रखी ड्रेसिंग टेबल भी बुरी तरह से जल गयी थी। उसने खोलने की कोशिश की तो कोयले में तब्दील हो चुकी ड्रार बिखर गयी। उसमें उसे कुछ अण्डे रखे मिले। वह भी जलकर काले हो गये थे। ड्रेसिंग टेबल की ड्रार में

अण्डे! इंस्पेक्टर सोहराब को बहुत ताज्जुब हुआ।

"क्या वह अण्डे का इतना ही शौकीन था कि बेडरूम में अण्डे रख छोड़ा था, अजीब बात है।" सोहराब बुदबुदाया।

सोहराब नीचे आ गया। इस बार भी उसने लिफ्ट की जगह सीढ़ियों का ही इस्तेमाल किया था। कुछ देर बाद घोस्ट शहर की तरफ जा रही थी। इस वक्त वह बहुत गम्भीर मुद्रा में था।

घोस्ट किंगफिशर कैफे के सामने रुक गयी। किंगफिशर कैफे मछली की डिशेज के लिए मशहूर था। यहाँ दुनिया भर की मछलियों की 70 तरह की डिशेज मिलती थीं। यहाँ मिलने वाला सैंडविच, समोसा और तो और मसाला डोसा तक में मछली का इस्तेमाल होता था। इंस्पेक्टर सोहराब कैफे में दाखिल हुआ और एक मेज के सामने जाकर बैठ गया। किसी के नम्बर डायल किये और कुछ देर बात करने के बाद फोन काट दिया। वेटर ऑर्डर लेने आ गया। उसने एस्प्रेसो का आर्डर दिया और सिगार सुलगाकर कुछ सोचने लगा।

सोहराब ने कोट की भीतरी जेब से किताब निकाली और उसे देखने लगा। उस पर पेंसिल से अंग्रेजी में जीटीएमपीआर लिखा हुआ था। सोहराब ने मन-ही-मन उन शब्दों को कई बार दोहराया। उसके नीचे अँग्रेजी में 7 नम्बर लिखा हुआ था। सात को खास स्टाइल में बीच से काट दिया गया था।

इसके बाद उसने किताब के पन्ने पलटने शुरू किये। कई पैराग्राफ को पेंसिल से अंडरलाइन किया गया था। इंस्पेक्टर सोहराब उन पेजों के कोनों को मोड़ता जा रहा था। ऐसे तकरीबन नौ पेज थे।

वेटर कॉफी ले आया था। सोहराब ने किताब को फिर से कोट की भीतरी जेब में डाल लिया और कॉफी पीने लगा।

डांस ट्रेनर की खोज

पोस्टमार्टम रिपोर्ट आ गयी थी। उल्लू जैसी शक्ल वाले गंजे आदमी की मौत की वजह साफ नहीं हो सकी थी। उसके शरीर पर सुयी जैसी कोई चीच चुभाने का निशान जरूर मिला था।

इंस्पेक्टर सोहराब इस नतीजे पर पहुँचा था कि उल्लू जैसी शक्ल वाले आदमी को मारने के बाद आग इस वजह से लगायी गयी थी कि लाश भी उसी में जल जाये और सारे सबूत भी नष्ट हो जायें।

सार्जेंट सलीम उल्लू जैसी शक्ल वाले आदमी के मरने की खबर सुनकर काफी खीझा हुआ था। वह कहीं-न-कहीं से खुद को कुसूरवार मान रहा था। उसने डांस ट्रेनर के दिये हुए क्लू को डिकोड करने में लापरवाही बरती थी। अगर पहले यह पता चल जाता तो शायद वह कुछ कर सकते थे...उन्हें कुछ अहम सुराग भी मिल सकते थे।

सार्जेंट सलीम ने जैसीना को कमरे से न निकलने की सख्त ताकीद की। इसके बाद वह ड्यूड होल के ही मेकअप में होटल से निकल पड़ा। उसने मिनी की जगह एक टैक्सी बुक की थी।

सार्जेंट सलीम ने गूगल से शहर के सभी डांस स्कूलों की लिस्ट निकाली थी। वह लिस्ट के हिसाब से एक-एक करके डांस स्कूल का दौरा कर रहा था। यह काम पहले इंस्पेक्टर सोहराब ने अपने जिम्मे लिया था, लेकिन बाद में उसने सार्जेंट सलीम को ही यह जिम्मेदारी दे दी थी।

सबसे पहले वह स्कूल हेड से मिलता और उनसे डांस सीखने की इच्छा जाहिर करता। फार्म लेने के बाद वह स्टॉफ के साथ एक सेल्फी जरूर ले रहा था। स्टॉफ से वह कहता कि इस सेल्फी को वह अपनी माँ को भेजेगा। फोटो लेने का मकसद यह था कि वह सारे स्टॉफ से मिल ले। सलीम दिन में दस बजे होटल से निकला था और इस वक्त दोपहर के तीन बजे थे। पाँच घण्टे में उसने सात डांस स्कूल चेक कर लिये थे। अभी चार डांस स्कूल और बचे थे लिस्ट में। अभी तक उसे सोफिया कहीं नजर नहीं आयी थी।

सार्जेंट सलीम शाम छह बजे जब होटल पहुँचा तो थककर चूर हो चुका था। उसने सारे डांस स्कूल चेक किये थे। उसे नाकामी हाथ लगी थी, यानी उसे कहीं भी सोफिया नजर नहीं आयी थी।

होटल के कमरे में पहुँचकर उसने सबसे पहले सोहराब का नम्बर मिलाया और दिन भर की सारी रिपोर्ट उसे दे दी। इसके बाद सलीम ने कहा, "हो सकता है कि वह आज आयी ही न हो या फिर नौकरी ही छोड़ दी हो।"

"यह भी हो सकता है कि सोफिया ने तुमसे झूठ बोला हो!" सोहराब ने कहा।

"मुमकिन है।"

यह कहने के बाद सोहराब ने फोन काट दिया। सार्जेंट सलीम सोफे पर धँस गया और पाइप में वॉन गॉग का तम्बाकू भरने लगा। उसकी कुछ समझ में नहीं आ रहा था कि आखिर हो क्या रहा है। वह पाइप के लम्बे-लम्बे कश ले रहा था। इसका मतलब साफ था कि वह गहरे तनाव में है।

बूढ़ा और सोहराब

दोपहर के एक बजे फंटूश रोड की एक कोठी का लोहे का गेट एक पोताई करने वाला खोल रहा था। उसके सर पर सफेद रंग का कपड़ा बँधा हुआ था। आँखों पर चश्मा था और कपड़ों पर जगह-जगह रंगों के धब्बे थे। हाथ में पेंट का एक खाली डब्बा भी था। यह इंस्पेक्टर सोहराब था।

यह वही कोठी थी, जिसमें एक रात सोहराब ने उल्लू जैसी शक्ल वाले आदमी को घुसते हुए देखा था। आज वह खुद कोठी को अंदर से चेक करना चाहता था।

सोहराब पूरे आत्मविश्वास के साथ कोठी में घुसता चला गया। उसने लॉन में खड़े होकर कोठी का भरपूर मुआयना किया। मानो पोताई करने के लिए अंदाजा लगा रहा हो। उसके बाद उसने एक कमरे के दरवाजे को हलके से धक्का दिया तो वह खुलता चला गया।

यह बैठक थी और यहाँ कोई भी नहीं था। आतिशदान में आग जल रही थी। उसने कमरे में पहुँचकर डिब्बा आहिस्ता से जमीन पर रख दिया और बैठक का मुआयना करने लगा। यह एक बड़ा हॉल था। उसकी दीवारें बहुत मोटी थीं। छत भी बहुत ऊँची थी। ऐसी मोटी दीवारें और ऊँची छतें पुराने जमाने की इमारतों में बनायी जाती थीं ताकि गर्मी से बचा जा सके।

थोड़ी दूर पर एक डायनिंग टेबल रखी हुई थी। टेबल पर एक टोकरी में कुछ फल रखे हुए थे। उसके बगल में शीशे का एक बाउल था, **उसमें मुर्गी**

के कुछ अण्डे रखे हुए थे। अण्डे देखकर सोहराब चौंक पड़ा। उसे कुछ अण्डे, उल्लू जैसी शक्ल वाले आदमी के बेडरूम में भी दिखे थे, लेकिन वह सभी जल गये थे।

सोहराब तेजी से डायनिंग टेबल की तरफ बढ़ा और दो अण्डे उठाकर जेब के हवाले कर दिया। अभी वह कुछ और अण्डे उठाना चाहता ही था कि तभी उसे ऐसा लगा कि जैसे उसके पैरों पर किसी ने जलती हुई लोहे की सलाख छुआ दी हो। सटाक की आवाज के साथ बहुत तेज दर्द हुआ था। वह पलट पड़ा।

एक विदेशी बूढ़ा व्हील चेयर पर बैठा हुआ उसे घूर रहा था। उसके हाथ में छड़ी थी। उसी छड़ी से उसने सोहराब के पैर पर भरपूर वार किया था।

"हू आर यू?" बूढ़ा इस भयानक आवाज में दहाड़ा था कि सोहराब को छत और दीवारों से टकराकर ये आवाज कई बार सुनाई दी।

"सर पोताई! व्हाइट वाश... व्हाइट वाश...!" सोहराब ने जल्दी से कहा।

"नो एंड गेट आउट!"

तभी दो मोटे-तगड़े आदमी भीतरी दरवाजे से कमरे में दाखिल हुए। शायद वह बूढ़े की आवाज सुनकर अंदर आ गये थे। उन्होंने आते ही सोहराब को धक्के देकर कमरे से ही नहीं बल्कि गेट से भी बाहर कर दिया।

सोहराब बाहर निकलकर कुछ दूर पैदल चलता रहा। इसके बाद वह एक पेड़ की छाँव में सड़क के किनारे बैठ गया। वह देखना चाहता था कि कोई उसका पीछा तो नहीं कर रहा है। कुछ देर बाद फिर वह पैदल ही शहर की तरफ चल दिया। बहुत देर पैदल चलने के बाद उसने चौराहे से एक ऑटो पकड़ा और अपनी कोठी से काफी पहले ही उतर गया। उसके बाद पैदल ही कोठी में दाखिल हो गया।

अण्डों का रहस्य

कोठी पहुँचकर उसने पहले अपना हुलिया दुरुस्त किया और फिर बेसमेंट की अपनी लैब में चला गया। वहाँ वह सार्जेंट सलीम से मिली पिन का अलग-अलग तरीके से जायजा लेता रहा। इसके बाद उसने अण्डों को देखना शुरू किया। दोनों ही अण्डे उबले हुए थे। उसने मैग्नीफाइंग ग्लास से अण्डों की बारीकी से जाँच शुरू की, लेकिन उसे उनमें कोई खास बात नजर नहीं आयी।

इंस्पेक्टर सोहराब को सेकेंड वर्ल्ड वार की एक घटना याद हो आयी। उस वक्त फौज को भेजी जाने वाली रसद में अण्डे भी शामिल होते थे। कई बार कच्चे अण्डों में उबले अण्डे भी मिला दिये जाते थे। इन उबले अण्डों को छीलने पर उनके अंदर की सफेदी पर लिखे संदेश आसानी से फौज तक पहुँच जाते थे।

अहम बात यह होती थी कि ऊपरी तौर पर देखने पर एकदम अंदाजा नहीं होता था कि अण्डों पर कुछ लिखा भी गया है। दरअस्ल उबले हुए अण्डों की खोल पर फिटकिरी के गाढ़े घोल से पेन से संदेश लिखे जाते थे। वह अण्डों के अंदर सफेदी पर नक्श हो जाते थे और बाहरी खोल पर कोई निशान भी नहीं दिखता था।

इंस्पेक्टर सोहराब ने अण्डों को छीलना शुरू कर दिया। उबले अण्डों का खोल हटाने पर निकली सफेदी पर अँग्रेजी में कुछ लाइनें लिखी हुई दिख रही थीं। उसने उस तहरीर को मैग्नीफाइंग ग्लास से देखना शुरू किया।

अण्डों पर अँग्रेजी में लिखी इबारत साफ नजर आने लगी। हर अण्डे पर

कोडवर्ड में कुछ संदेश लिखे हुए थे। उसने सारे संदेशों को नोटबुक पर लिख डाला। वह उन्हें डिकोड करने की कोशिश करने लगा। कुछ अस्पष्ट-सा संकेत उसे मिल रहा था। वह बहुत देर अण्डों पर मिले शब्दों के साथ मगजमारी करता रहा। उसके बाद वह सोफे पर बैठ गया। सिगार केस से एक सिगार निकालकर उसका कोना तोड़ने लगा। वह किसी गहरी सोच में डूबा हुआ था।

शाम होने तक वह लैब में ही रहा। जब वह लैब से बाहर निकला तो बाहर अँधेरा फैल चुका था। नौकर झाना को आवाज देकर नाश्ता लाने को कहा। नाश्ता करने के बाद घोस्ट लेकर वह कोठी से बाहर निकल आया। वह काफी देर यूँ ही शहर में कार दौड़ाता रहा। जब इससे ऊब होने लगी तो एक बुक स्टोर में चला गया। वहाँ उसने पसंद की कई किताबें खरीदीं और फिर निकल पड़ा।

अब उसका रुख होटल मेरिलबोर्न की तरफ था। वह डायनिंग हॉल में जाकर बैठ गया। वहाँ उसने एस्प्रेसो का ऑर्डर दिया। उसने सिगार जला ली और एक कश लेने के बाद डायनिंग हाल में बैठे लोगों की तरफ नजर डाली। सभी अपनी टेबल पर मस्त थे। वह डायनिंग हॉल में ही बैठा वक्त गुजारता रहा।

कुछ देर बाद सोहराब ने घड़ी देखी। रात के दस बज रहे थे। उसने फिर से एस्प्रेसो मँगा ली। कॉफी पीने के बाद वह रिक्रियेशन हाल की तक चला गया। वहां बहुत देर बिल्यर्ड खेलता रहा। ऐसा लग रहा था जैसे उसके पास कोई काम ही न हो।

रात एक बजे वह होटल से बाहर निकला। उसका रुख फंटूश रोड की तरफ था। अमावस्या की रात थी। सोहराब ने फंटूश रोड पहुँचते ही कार की लाइटें बुझा दी। उसकी कार बूढ़े की कोठी के सामने से गुजरती चली गयी। कोठी अँधेरे में डूबी हुई थी। सोहराब, कार लेकर नदी की तरफ ढलान में उतर गया। वहाँ उसने कार एक किनारे लगा दी। इसके बाद वह पैदल ही बूढ़े की कोठी की तरफ चल दिया।

रोड के दोनों तरफ जंगल था। पूरा इलाका भयानक सन्नाटे में डूबा हुआ था। उल्लू रह-रहकर चीख पड़ते थे। उल्लू के चीखने पर झींगुरों की आवाज धीमी हो जाती थी...यूँ लगता था जैसे वह डर गये हों। कुछ चमगादड़ें भी इधर-उधर घूमती फिर रही थीं। यूँ लगता था जैसे इस इलाके में उन्हीं का कब्जा हो।

सोहराब ने रबर के जूते पहन रखे थे, इसकी वजह से उसके कदमों की

आवाज सुनायी नहीं दे रही थी। हवा साँय-साँय कर रही थी। वह चारों तरफ देखते हुए बड़ी एहतीयात के साथ तेजी से कोठी की तरफ चला जा रहा था। कोठी जब करीब आ गयी तो उसने अपना रास्ता बदल दिया। अब वह पेड़ों और कँटीली झाड़ियों के बीच से बचता हुआ चल रहा था। उसका रुख कोठी के पिछले हिस्से की तरफ था। कुछ देर बाद वह कोठी के पिछले हिस्से की तरफ खड़ा था। उसकी चहारदीवारी बहुत ऊँची थी। वहाँ तक आसानी से नहीं पहुँचा जा सकता था।

सोहराब ने साथ लाये थैले से एक छोटा सा जानवर निकाला। उसकी कमर से रेशम की एक मज़बूत डोरी बँधी हुई थी। उसने जानवर को नचाकर कोठी की छत की तरफ उछाल दिया। फिर उसने डोरी को एक झटका दिया। इसके बाद वह रेशम की डोरी के सहारे दीवार पर चढ़ने लगा।

वह छोटा-सा जानवर गोह था। गोह, नेवले की कद-काठी जैसा जानवर होता है। गोह की पकड़ बहुत मज़बूत होती है। जब एक बार वह जमीन पर पैर जमा लेता है तो उसे वहाँ से हटाना नामुमकिन होता है। पुराने समय में फौज, किले पर चढ़ने के लिए गोह का ही इस्तेमाल करती थीं।

सोहराब दीवार पर पहुँच चुका था। वह नीचे उतरने की तैयारी कर ही रहा था कि उसे खूँखार कुत्ते की गुर्राहट सुनाई दी। कुछ देर बाद उसने महसूस किया कि यह कुत्ते एक नहीं कई थे। सोहराब कुछ करता, उससे पहले ही कुत्तों ने भूँकना शुरू कर दिया। अचानक गोली चलने की आवाज सुनाई दी। एक साथ तीन फायर हुए थे।

बाल-बाल बचे

पहली ही गोली की आवाज सुनकर इंस्पेक्टर कुमार सोहराब तेजी से नीचे झुका था। डोरी अभी तक उसके हाथ में ही थी और वह उसी के सहारे नीचे उतर गया। नीचे पहुँचते ही वह जमीन पर लेट गया। लेटे-लेटे ही वह वहाँ से दूर होता जा रहा था। उसके पास माउजर थी, लेकिन वह उलझना नहीं चाहता था। किसी भी सूरत में उसे अपनी पहचान बचानी थी। वह सामने आकर अपराधियों को सतर्क नहीं करना चाहता था। लेटकर चलने की वजह से उसके हाथों में कई जगह काँटे चुभ गये थे। उनमें से खून रिसने लगा था, अलबत्ता उसे इसकी ज्यादा परवाह नहीं थी।

काफी दूर आ जाने के बाद वह उठकर खड़ा हो गया और सड़क की तरफ चलना शुरू कर दिया। यहाँ से कार कुछ दूरी पर ही खड़ी थी। सोहराब ने गेट खोला और ड्राइविंग सीट पर बैठ गया। उसने ग्लव्ज कम्पार्टमेण्ट से एक लोशन और रुई निकाला और जख्मों को साफ करने लगा। इसके बाद घोस्ट स्टार्ट की और चल दिया। लौटने के लिए उसने बूढ़े की कोठी वाला रास्ता नहीं चुना था।

इंस्पेक्टर सोहराब घोस्ट को धीमी रफ्तार से ड्राइव कर रहा था। इसकी वजह यह थी कि उसका दिमाग सोच में गुम था। एक दिन में दो बार वह कोठी तक पहुँच गया था, लेकिन अचानक ही कुछ-न-कुछ ऐसा हुआ था कि उसे लौटना पड़ा।

सोहराब लगातार बैक मिरर से पीछे भी नजर रख रहा था। वह चेक करता जा रहा था कि उसका पीछा तो नहीं हो रहा है। सड़क पर उनके अलावा कोई और गाड़ी नजर नहीं आ रही थी।

पेंटर

सार्जेंट सलीम ने सारे डांस स्कूल तलाश डाले थे। उसे डांस ट्रेनर सोफिया कहीं भी नजर नहीं आयी थी। उसे याद आया कि सोफिया से उसकी मुलाकात होटल सिनेरियो में ही हुई थी।

इस वक्त वह सज धजकर होटल सिनेरियो ही जा रहा था। अभी तक उसका मेकअप ड्यूड होल वाला ही था। उसने ब्लू कलर का सूट पहन रखा था। जैसीना को उसने होटल मेरिलबोर्न में ही छोड़ दिया था।

सार्जेंट सलीम ने कार की छत हटा रखी थी। शाम सुरमई रंग बिखेर रही थी और मौसम भी खुशगवार था। आसमान पर कुछ आवारा बादल भटक रहे थे। सार्जेंट सलीम बराबर बैक मिरर पर नजर रखे हुए था। अभी तक पीछा किये जाने का कोई संकेत नहीं मिला था।

होटल पहुँचने के बाद उसने मिनी पार्क की और सीधे डायनिंग हॉल पहुँच गया। उसने सभी पर बारी-बारी से नजर डाली। कोने की एक मेज चुनकर सार्जेंट सलीम बैठ गया। जेब से पाइप निकाला और वॉन गॉग की तम्बाकू भरने लगा। वेटर को बुलाकर उसने माकाचीनो लाने को कहा। सार्जेंट सलीम जब रोमांटिक मूड में होता था तो माकाचीनो ही पीता था। इस स्पेशल कॉफी में चॉकलेट सिरप मिलाया जाता है।

पाइप सुलगाकर वह कश लेने लगा। कुछ देर बाद ही स्टेज पर साजिंदे आ गये। वह एक वेस्टर्न धुन फाइंडिंग मूवमेंट बजा रहे थे। सलीम को यह धुन बहुत भली लगी। उसका मूड आज काफी अच्छा था।

कुछ कश लेने के बाद उसने पाइप को बुझाकर जेब में रख लिया और उठ खड़ा हुआ। वह स्टेज की तरफ जा रहा था। वहाँ पहुँचकर उसने एक साजिंदे से सैक्सोफोन ले लिया। टिशू पेपर से उसने माउथपीस साफ किया और खुद बजाने लगा।

कुछ देर बाद संगीत रुक गया। उसने हाथ के इशारे से सभी साजिंदों को स्टॉप का इशारा किया और एक नई धुन मेमोरी बजाने लगा। वह बहुत अच्छा सैक्सोफोन बजाता था। जब उसने संगीत बंद किया तो हाल तालियों से गूँज उठा। सभी उसे तारीफी नजरों से देख रहे थे। कुछ देर बाद वह स्टेज से नीचे आ गया।

वेटर कॉफी ले आया था और सार्जेंट सलीम कॉफी पीने लगा। संगीत फिर से बजने लगा था। उसके कॉफी खत्म करते ही एक लड़की उसकी टेबल पर आयी और बैठ गयी। बहुत खूबसूरत लड़की थी। उसने मस्टर्ड येलो कलर की साड़ी पहन रखी थी। लड़की ने अपनी बड़ी-बड़ी आँखों को मोटे-मोटे काजल से सजा रखा था। उसे देखकर सार्जेंट सलीम सोचने लगा कि इन लड़कियों को यह कैसे पता होता है कि उन पर क्या अच्छा लगेगा। यकीनन लड़की बहुत खूबसूरत लग रही थी।

“आप बहुत अच्छा बजाते हैं।” उस लड़की ने मुस्कुराते हुए कहा।

“क्या?” सार्जेंट सलीम ने अनजान बनते हुए अपने हाथों की तरफ देखा।

लड़की थोड़ी देर के लिए सकपका गयी। उसके बाद मुस्कुराते हुए कहा, “मैं सैक्सोफोन की बात कर रही हूँ।”

“ओह अच्छा थैंक्यू।” सार्जेंट सलीम ने थोड़ा आगे की तरफ झुकते हुए कहा।

“माई सेल्फ रोजीना।”

“आई एम ड्यूड।”

“आप करते क्या हैं?”

“पेंटिंग बनाता हूँ।”

“ओह सच।”

“मैं झूठ नहीं बोलता।”

“मेरी भी पेंटिंग बनाएंगे।”

“नहीं बना सकता।”

“क्यों?”

“मैं सिर्फ बिल्लियों की पेंटिंग बनाता हूँ।”

“मतलब?”

“तुम टीचर हो क्या?”

“क्यों?”

“सवाल बहुत पूछती हो।” सार्जेंट सलीम ने मुस्कुराते हुए कहा।

“मैंने पूछा था कि बिल्लियों की ही पेंटिंग क्यों बनाते हो?” उसने आंखें निकालते हुए सलीम से पूछा।

“क्योंकि पेंटिंग खराब होने पर बिल्लियाँ बुरा नहीं मानतीं।” सार्जेंट सलीम ने पूरी गम्भीरता से जवाब दिया।

“डफर।” लड़की ने सार्जेंट सलीम को घूरते हुए कहा और पैर पटकती हुई चली गयी।

सार्जेंट सलीम भी उठ खड़ा हुआ। सोफिया की तलाश आज भी अधूरी रह गयी थी।

जीटीएमपीआर

सोहराब लाइब्रेरी में बैठा हुआ था। उसने कोट की भीतरी जेब से एक कागज निकालकर मेज पर उसे फैला लिया। उस कागज पर अँग्रेजी में जीटीएमपीआर लिखा हुआ था। नीचे सात नम्बर लिखा था, जिसे बीच से काट दिया गया था।

उल्लू जैसी शक्ल वाले आदमी के घर की बुकशेल्फ से उसे एक किताब भी मिली थी। उस पर नोट के रूप में यह कोड लिखा गया था। उसने सिगार जला ली और मन ही मन कई बार जीटीएमपीआर दोहराया। 'आखिर इसका क्या मतलब हो सकता है?' वह सोचने लगा। बहुत देर वह दिमाग के घोड़े दौड़ाता रहा।

उसने लैपटॉप खोल लिया। सिगार ऐश ट्रे में बुझाने के बाद उसने गूगल पर जीटीएमपीआर डालकर सर्च करना शुरू किया। कुछ सेकेंड बाद ही कई सारे नतीजे उसके सामने थे। उनमें से कुछ नतीजों को उसने नोटबुक में लिख लिया। उसने कुल सात सम्भावित नाम लिख डाले थे। हर एक नाम का वह एनालिसिस कर रहा था। आखिरकार सात में से उसने दो नतीजों को पेंसिल से काट दिया। बाद में बचे पाँच नतीजों पर भी वह बहुत देर तक गौर करता रहा।

पाँच में से दो और नतीजों को उसने पेंसिल से काट दिया। अब तीन नतीजे बचे थे। उन तीनों को वह बार-बार दोहराता रहा। ऐसे ही कुछ मिनट गुजर गये। आखिरकर उसने एक नतीजे पर पेंसिल से टिक कर दिया, हालाँकि

जीटीएमपीआर की जगह यहाँ सिर्फ जीटीएमपी ही लिखा हुआ था। यह एक रेलवे स्टेशन का कोड था। रेलवे अपने स्टेशनों के नाम शार्ट फार्म में दो, तीन और चार डिजिट में लिखता है। गीतमपुर का रेलवे कोड जीटीएमपी था। सोहराब ने लैपटॉप पर गीमतपुर के बारे में सर्च करना शुरू किया।

कुछ देर बाद ही उसके सामने गीतमपुर की सारी डिटेल मौजूद थी। यह एक पहाड़ी कस्बा था। यहाँ एक छोटा-सा रेलवे स्टेशन भी था। इधर से होकर कुछ ट्रेनें भी गुजरती थीं। दिक्कत यह थी कि सिर्फ एक ट्रेन ही इस स्टेशन पर रुकती थी और वह पैसेंजर ट्रेन थी। पैसेंजर से जाने का मतलब था वक्त की बर्बादी। इंस्पेक्टर सोहराब जल्दी से जल्दी गीतमपुर पहुँचना चाहता था।

यह भी मुमकिन था कि उससे जीटीएमपीआर को डिकोड करने में गलती हुई हो। इसका कुछ और मतलब भी हो सकता है। गलत है या सही इसका पता वहाँ जाकर ही चलना था।

शहर से यह कस्बा चार सौ तीस किलोमीटर दूर था। उसने तय किया कि वह शोलागढ़ स्टेशन तक ट्रेन से जायेगा और वहाँ से टैक्सी लेकर गीतमपुर तक जाएगा। इस तरह वह जल्दी से जल्दी वहाँ पहुँच सकता था।

सोहराब के लिए शोलागढ़ तक एसी बर्थ बुक हो गयी थी। ट्रेन रात 11:10 बजे की थी। उसने रिस्ट वाच देखी। रात के सवा नौ बज रहे थे। उसे कोठी से दस बजे स्टेशन के लिए निकलना था। सोहराब ने बेल बजाकर नौकर को लाइब्रेरी में ही बुला लिया और एस्प्रेसो कॉफी लाने के लिए कहा। इसके बाद इंस्पेक्टर सोहराब ने सार्जेंट सलीम के नम्बर डायल किये।

सलीम के फोन उठाते ही उसने कहा, "मैं शहर से बाहर जा रहा हूं। कुछ दिन रुकना पड़ सकता है। मेरे लौटने तक तुम और जैसीना शहर से बाहर मत निकलना।"

"क्या मैं भी चलूँ?"

"फिलहाल नहीं... जरूरत हुई तो मैं तुम्हें बुला लूँगा।" यह कहने के साथ ही इंस्पेक्टर सोहराब ने फोन काट दिया।

कुछ देर बाद ही झाना कॉफी ले आया। सोहराब ने कॉफी पी और नोटबुक उठाकर कोट की भीतरी जेब में रख ली। इसके बाद जाने की तैयारी करने के लिए उठ खड़ा हुआ।

नाराजगी

इंस्पेक्टर सोहराब से फोन पर बात होने के बाद सार्जेंट सलीम खीझकर रह गया था। उसे जैसीना के साथ इस तरह से चस्पा किया गया था कि वह हिल भी नहीं पा रहा था। उसे महसूस हो रहा था कि वह जैसीना का बॉडीगार्ड बनकर ही रह गया है।

'यह कैसी जासूसी थी कि उसे एक विदेशी महिला की सुरक्षा का जिम्मा सौंप दिया गया था।' उसने सोचा।

सलीम ने तय किया कि इंस्पेक्टर सोहराब के लौटते ही वह उन्हें अपना इस्तीफा सौंप देगा। इसके बाद वह जासूसी नॉवेल लिखेगा। कम-से-कम जैसा चाहेगा जासूस से करा तो सकेगा।

उसका मूड ज्यादा ऑफ हो गया था। वह कमरे से बाहर निकला और स्विमिंग पूल की तरफ जा निकला। वहाँ तमाम जोड़े स्विमिंग कर रहे थे। वह कुछ देर स्विमिंग पूल चेयर पर लेटा पाइप पीता रहा। वहाँ भी उसका मन नहीं लगा और वह होटल के कमरे में लौट आया।

गीतमपुर

इंस्पेक्टर कुमार सोहराब ने शोलागढ़ तक ट्रेन से सफर किया था। जब वह स्टेशन से बाहर निकला तो रात की स्याही दिन के उजाले में घुल चुकी थी। बस कुछ देर में ही सूरज निकलने वाला था। पहाड़ी इलाकों में सुबह बहुत सुहानी होती है। कुदरत सुबह एक अजब-सा संगीत सुनाती है। यह संगीत हवाओं में रचा बसा होता है। इसे बस महसूस किया जा सकता है।

स्टेशन से बाहर निकलकर इंस्पेक्टर सोहराब ने गहरी-गहरी साँसें लीं और टैक्सी स्टैंड की तरफ चल पड़ा। टैक्सी स्टैंड कुछ दूरी पर ही था। उसे गीतमपुर जाने के लिए एक टैक्सी मिल गयी।

इंस्पेक्टर सोहराब टैक्सी पर पीछे की सीट पर बैठ गया। टैक्सी चल पड़ी। कुछ देर बाद ही टैक्सी गीतमपुर रोड की तरफ मुड़ गयी। कुछ देर बाद ही पहाड़ों का सिलसिला शुरू हो गया। सोहराब आसपास के मंजर को बहुत ध्यान से देख रहा था। यह एक पतली-सी सड़क थी। इसके दोनों तरफ पहाड़ थे। पहाड़ों को काटकर बीच से रास्ता निकाला गया था। जंगल से बहकर आती हवा बहुत अच्छी लग रही थी। सोहराब ने खिड़की खोल रखी थी। ताजी हवा अंदर आ रही थी।

टैक्सी ड्राइवर गीतमपुर का ही रहने वाला था। वह बड़ा बातूनी निकला। एक बार जब उसका रेडियो शुरू हुआ तो वह बंद ही नहीं हुआ।

"शाब मेरा नाम दीना है, आप दीनू कहेंगे तो भी चलेगा शाब!"

"कहाँ के रहने वाले हो?"

"वहीं जहाँ आपको जाना है शाब। आप वहां किशके यहां जा रहे हैं शाब?"

"रिसर्च करने के लिए आया हूँ।"

"आप शरकारी आदमी हैं शाब?"

"नहीं... मैं युनिवर्सिटी में पढ़ता हूँ।"

"इतने बड़े होकर भी शाब!" टैक्सी वाले ने आश्चर्य से पूछा।

"युनिवर्सिटी में बड़ी उम्र के लोग भी पढ़ते हैं।" इंस्पेक्टर कुमार सोहराब ने मुस्कुराते हुए कहा। उसके बाद उससे पूछा, "तुम्हारे कस्बे में कहाँ तक पढ़ाई होती है?"

"शिर्फ दशवीं तक शाब, उशके बाद शहर जाना होता है शाब।"

"मुझे रहने के लिए वहाँ जगह मिल जायेगी।"

"नहीं शाब... हमारे यहाँ होटल नहीं हैं।"

"फिर मैं कहाँ रहूँगा?"

"आप कितने दिन के..." अभी उसकी बात पूरी भी नहीं हुई थी कि तेज आवाज के साथ टैक्सी का एक टायर फट गया और टैक्सी हिचकोले लेने लगी। ड्राइवर ने बड़ी होशियारी से टैक्सी को कंट्रोल किया था। उसने गाड़ी रोक कर पिछली सीट की तरफ देखा तो वह खाली पड़ी थी। वहां सोहराब नहीं था।

फ़ायरिंग

पिछली सीट खाली देखकर ड्राइवर परेशान हो गया। तभी गोली के चलने की आवाज आयी। आवाज सुनकर उसकी सिट्टीपिट्टी गुम हो गयी। वह तेजी से नीचे झुका और सीट के बीच घुसकर बैठ गया। वह थर-थर काँप रहा था। उसने महसूस किया कि गोलीबारी दो-तरफा हो रही है।

दरअस्ल टैक्सी का पिछला टायर गोली से ब्लास्ट हुआ था। इंस्पेक्टर कुमार सोहराब ने टायर फटने के पहले ही गोली की आवाज सुन ली थी। उसने तुरंत ही पिछला दरवाजा खोलकर बाहर छलाँग लगा दी थी। वह तेजी से सड़क से नीचे ढलान पर उतरता चला गया था।

पल भर में ही वह ओझल हो गया था। सोहराब एक बड़ी चट्टान का सहारा लेकर खड़ा हो गया। उसने जैसे ही बाहर झाँकने की कोशिश की, तभी एक गोली चट्टान से आकर टकरायी। सोहराब ने भी माउजर निकाल ली और आवाज की दिशा में अंदाजे से फायर किया।

अब दोनों तरफ से फायरिंग शुरू हो गयी। गोलियों की आवाज की दिशाओं से इंस्पेक्टर सोहराब को जल्द ही अंदाजा हो गया कि हमलावर तादाद में दो से ज्यादा हैं।

उस पर लगातार फायर जारी था। इसके उलट सोहराब कम फायर कर रहा था। वह गोलियों को बर्बाद नहीं करना चाहता था।

सोहराब बड़ी खामोशी से शहर से गीतमपुर के लिए निकला था। इसके

बावजूद यहाँ पहुँचते ही उस पर हमला हो गया...इसका मतलब था कि मुजरिमों को किसी तरीके से उसके यहां आने की इत्तेला हो गयी थी।

इस हमले से एक बात यह भी साबित हो गयी थी कि वह सही दिशा में आगे बढ़ रहा है। यानी उसने जीटीएमपीआर को सही डिकोड किया है।

दोनों ही तरफ से गोली-बारी जारी थी। कुछ देर खामोशी रही। उसके बाद फिर से गोलियां चलने लगीं। सोहराब ने गोली की आवाज से महसूस किया कि गोली चलने की दिशा में कुछ तब्दीली आ गयी है। इसका मतलब यह था कि उसकी घेराबंदी शुरू हो गयी है।

उसने हलका-सा सर निकाला। सर निकालते ही फायर की बाढ़ आ गयी। इंस्पेक्टर सोहराब के मुँह से एक भयानक चीख निकली और वह पहाड़ों में गूँजकर रह गयी। उसके बाद सन्नाटा पसर गया।

यह हरकत इंस्पेक्टर सोहराब की एक चाल थी। इसके बाद वह चट्टान के अंदरूनी हिस्से की तरफ बढ़ने लगा। जल्द ही उसे ऊपर जाने की पकड़ मिल गयी और वह ऊपर की तरफ चढ़ने लगा।

कुछ देर बाद ही वह बहुत ऊँचाई पर पहुँच गया था। यहाँ एक चट्टान का नुकीला सिरा कुछ इस तरह से निकला हुआ था कि वह तो बाहर देख सकता था, लेकिन बाहर से नजर नहीं आ सकता था।

उसने बाहर की तरफ झाँका। उसे तीन आदमी सड़क की तरफ आते नजर आये। उसकी चाल काम कर गयी थी। उन्हें यकीन हो चला था कि उसका काम तमाम हो गया है।

सड़क के किनारे रुककर तीनों आपस में कुछ बात करने लगे। इसके बाद एक आदमी ढलान की तरफ उतरने लगा। शायद उनमें तय हुआ था कि दो सड़क पर ही मौजूद रहेंगे और एक आदमी जाकर मौके पर देखेगा।

इंस्पेक्टर सोहराब ने माउजर चट्टान पर टिका दी और ढलान से नीचे आ रहे बदमाश का निशाना लेकर ट्रिगर दबा दिया। एक भयानक आवाज चट्टानों के बीच गूँज गयी। गोली लगते ही बदमाश गिर पड़ा और लुढ़कते हुए नीचे आ रहा।

साथी को गोली लगते ही सड़क के किनारे खड़े दोनों बदमाशों के पैर उखड़ गये। वह वापस भागने लगे। इंस्पेक्टर सोहराब ने दोनों पर फायर झोंक दिया।

एक गोली दूसरे बदमाश के पैर में लगी और वह जमीन पर गिर पड़ा। तीसरे बदमाश ने उसे सहारा देकर जल्दी से उठाया और तेजी से उसे ले जाने लगा। पैर में गोली लगने से उसका पैर घिसट रहा था।

कुछ देर बाद इंस्पेक्टर सोहराब ने कुछ दूर पर गाड़ी स्टार्ट होने की आवाज सुनी। वह हिस्सा सड़क का मोड़ था। उसने अंदाजा लगाया कि बदमाश भाग गये हैं। वह धीरे-धीरे नीचे उतरने लगा।

बाहर निकलकर उसने गोली लगने वाले बदमाश का जायजा लिया। वह मर चुका था। गोली उसके पेट में लगी थी। इंस्पेक्टर सोहराब ने निशाना पैरों का लिया था, लेकिन ऊपर से निशाना लेना इतना आसान नहीं था और गोली पेट में जाकर लगी थी।

इंस्पेक्टर कुमार सोहराब ने पुलिस को फोन मिलाकर सड़क के किनारे एक लाश पड़ी होने की सूचना दी। उसने खुद को मुसाफिर बताया था। फिलहाल वह अभी पुलिस कार्रवाई से बचना चाहता था। बाद में विभाग की तरफ से इस एनकाउंटर की रिपोर्ट भेजी जानी थी।

सोहराब ने टैक्सी के करीब पहुँचकर ड्राइवर को आवाज दी। वह बहुत डरा हुआ था। बड़ी मुश्किल से बाहर निकला। बाहर आने के बाद उसने डरे-डरे से अंदाज में चारों तरफ देखा।

"लुटेरे थे, मैंने उन्हें भगा दिया।" इंस्पेक्टर सोहराब ने ड्राइवर को ढाँढ़स बँधाते हुए कहा। उसने एक बदमाश के मारे जाने के बारे में ड्राइवर को कुछ नहीं बताया। सड़क पर से लाश भी नजर नहीं आ रही थी।

"शाब सात साल से इश रोड पर टैक्सी चला रहा हूँ; पहले ऐशा कभी नहीं हुआ, इधर लूट नहीं होती शाब।"

इंस्पेक्टर सोहराब ने उसकी बात को नजरअंदाज करते हुए कहा, "आओ स्टेपनी बदलते हैं।"

दोनों ने मिलकर टैक्सी का पहिया बदल दिया। सोहराब ने देख लिया था कि टायर में एक गोली धँसी हुई थी। उसने टैक्सी की चाबी से गोली निकालकर उसे खाई में फेंक दिया। वह नहीं चाहता था कि ड्राइवर बाद में लोगों को गोली दिखाकर प्रोपेगंडा करे।

पहिया बदलने के बाद उनका सफर फिर शुरू हो गया।

"गीतमपुर यहाँ से कितनी दूर है?" इंस्पेक्टर सोहराब ने पूछा।

"अभी तो हम शिर्फ पच्चीश किलोमीटर ही आये हैं शाब।" ड्राइवर ने स्पीडोमीटर देखते हुए जवाब दिया।

अच्छी-खासी धूप निकल आयी थी। सोहराब ने सिगार जलायी और कश लेने लगा।

जंगल

गीतमपुर पहुँचकर इंस्पेक्टर सोहराब ने टैक्सी ड्राइवर को किराया अदा करने के बाद उसे ट्यूब बदलवाने के लिए पाँच सौ रुपये अलग से दिये। ड्राइवर ने लेने से इनकार कर दिया।

"शाब आप हमारे मेहमान हैं, मैं यह नहीं ले शकता, टायर पंचर होने में आप की कोई गलती भी तो नहीं है।" ड्राइवर ने कहा।

इसके बावजूद इंस्पेक्टर सोहराब ने उसकी जेब में जबरदस्ती पाँच सौ रुपये डाल दिए। इंस्पेक्टर सोहराब ने उससे कहीं ठहराने का इंतजाम कराने को भी कहा।

ड्राइवर सोहराब को चौधरी गुलबाग के यहाँ ले गया। गुलबाग भला आदमी था। उसने सोहराब के लिए मेहमानखाना खुलवा दिया।

"आप गीतमपुर के महेमान हैं, जब तक चाहें यहाँ रह सकते हैं।" गुलबाग ने खुशदिली से कहा।

"आपकी मेहरबानी।" इंस्पेक्टर सोहराब ने उसका शुक्रिया अदा करते हुए कहा, "मैं दो-चार दिन के लिए ही यहाँ आया हूँ।"

"हवा-पानी बदलने के वास्ते आये आप?"

"नहीं, आपके इलाके के कुछ पौधों पर रिसर्च करने के लिये आया हूँ।"

"बहुत बेहतर जनाब।" गुलबाग ने कहा, "आप मुँह-हाथ साफ कर लीजिए, मैं नाश्ता लगवाता हूँ।" वह सोहराब को वाशरूम के बारे में बताकर

चला गया।

इंस्पेक्टर सोहराब का मन नहाने को हो रहा था, ताकि सफर की थकान मिटायी जा सके। वाशरूम में उसे हलका गुनगुना पानी मिल गया। जब वह बाहर आया तो नाश्ता टेबल पर सजा हुआ था और गुलबाग उसका इंतजार कर रहा था।

सोहराब को पकौड़े के साथ परोसी गयी चटनी बहुत पसंद आयी। गुलबाग ने बताया कि वह बुराँश के फूलों से बनायी गयी है।

बुराँश पहाड़ी इलाके का मशहूर पेड़ है। इस पर मार्च-अप्रैल में फूल आते हैं। तभी इसकी चटनी बनायी जाती है। उसके बाद रखकर लोग साल भर खाते रहते हैं।

नाश्ते के बाद इंस्पेक्टर सोहराब को बुराँश का शरबत भी पीने को मिला। बुराँश का शरबत दिल के मरीजों के लिए बहुत मुफीद माना जाता है।

नाश्ता करने के बाद इंस्पेक्टर सोहराब ने घूमने के लिए जंगल का रास्ता पकड़ा। उसे यह भी जाहिर करना था कि वह यहाँ पेड़-पौधों पर रिसर्च करने के लिए ही आया है, उसके मना करने के बावजूद गुलबाग उसके साथ हो लिया।

घर से निकलकर वह लोग सीधे जंगल की तरफ चल दिये। गुलबाग ने रायफल ले ली थी। उसका इरादा चिड़ियों के शिकार का था, ताकि लंच के लिए मेहमान के सामने पेश किया जा सके। पहाड़ के लोग मेहमाननवाजी में बहुत फराखदिल होते हैं।

जंगल पहुंचने पर भी सोहराब सतर्क था। उसे अंदेशा था कि उस पर फिर से हमला हो सकता है। वह कोशिश करने लगा कि पेड़ों से सटकर चले। हमले की सूरत में वह पेड़ों की ओट ले सकता था।

सोहराब चलते-चलते जमीन पर गिरे बीज जमा करता जा रहा था। गुलबाग उसे उन पेड़ों के बारे में भी बताता जा रहा था। उसका ज्ञान पेड़ों के बारे में बहुत अच्छा था।

वह दोनों बहुत दूर निकल आये। तभी एक बिलकुल हरा साँप इंस्पेक्टर सोहराब पर पेड़ से आकर गिरा। सोहराब चौंक पड़ा। साँप तेजी से भागने लगा। गुलबाग ने साँप को मारने के लिए अपनी रायफल सीधी की, लेकिन उसे सोहराब ने रोक दिया।

"बेवजह किसी की जान लेने का मैं कायल नहीं।" इंस्पेक्टर सोहराब ने

कहा।

"बेहतर जनाब।"

कुछ और आगे जाने पर उन्हें एक खूबसूरत झील नजर आने लगी। झील के किनारे भी पेड़ उगे हुए थे। कई जलीय पंछी झील में तैर रहे थे। गुलबाग सोहराब को छोड़कर आगे बढ़ गया। वह पेड़ों की आड़ लेते हुए आगे बढ़ता गया। रेंज में पहुँचने के बाद उसने निशाना लेकर फायर कर दिया।

दो परिंदे पानी में ही फड़फड़ाने लगे। बाकी उड़कर दूर चले गये। गुलबाग तुरंत पानी में कूद गया। कुछ देर बाद दोनों परिंदों को लेकर वह वापस लौट आया। उसके हाथ में दो सींखपर थे।

गुलबाग के लौटने पर सोहराब ने उससे कहा कि वह घर चला जाये। वह खुद कुछ देर बाद वापस आ जायेगा।

"जल्दी लौट आइएगा, दोपहर का खाना साथ खायेंगे।" गुलबाग ने उससे कहा।

"आप तकल्लुफ न कीजिए, मैं दोपहर का खाना नहीं खाऊँगा।" सोहराब ने उसका शुक्रिया अदा करते हुए कहा।

"तकल्लुफ कैसा जनाब, आप आ जाइएगा जल्दी।" यह कहते हुए गुलबाग चला गया।

इंस्पेक्टर कुमार सोहराब ने सिगार जला लिया और जंगल में चहलकदमी करने लगा। उसका इरादा कुछ देर बाद कस्बा देखने का था। फिलहाल वह गुलबाग से पीछा छुड़ाना चाहता था।

वह टहलते हुए जंगल में कुछ आगे तक निकल गया। एक जगह पर उसे मिट्टी में किसी गाड़ी के पहियों के निशान नजर आये। ताज्जुब उसे इस बात पर हुआ कि वहाँ से कोई वजनी चीज कुछ दूर तक जमीन पर घसीटी गयी थी। यह निशान एक पेड़ तक गये थे। उसके आगे निशान गायब थे।

मकान की तलाश

सोहराब निशान देखने के बाद ठिठककर रुक गया। जंगल में कार आना सामान्य बात थी, लेकिन वह वजनी चीज क्या थी जो यहाँ घसीटी गयी थी। एक बहुत मोटे पेड़ तक जाने के बाद उस वजनी चीज का निशान गायब हो गया था। सोहराब बहुत देर तक आसपास का जायजा लेता रहा। उसे कहीं कोई खास बात नजर नहीं आयी।

वह झील की तरफ बढ़ गया। बहुत खूबसूरत झील थी। कई जलीय पक्षी पानी में तैर रहे थे। गोली चलने से उड़ जाने के बाद वह फिर लौट आये थे। यहाँ के लोगों ने झील को प्रदूषण से बचाकर रखा था। कस्बे का गंदा पानी वे झील में नहीं डालते थे, यही वजह थी कि उसका पानी बहुत साफ था।

सोहराब जंगल से लौट आया। अब उसका रुख कस्बे की तरफ था। यहाँ कुछ पक्के मकान थे तो कई सारे कॉटेज भी थे। दूर से देखने पर छोटे-छोटे मकान बहुत खूबसूरत लग रहे थे।

सोहराब पूरे इलाके में घूमता रहा। कहीं कोई मकान नीचे ढलान पर था तो कहीं बहुत ऊँचाई पर। बीच-बीच में छोटे-छोटे खेत बने हुए थे। किसान उनमें काम कर रहे थे।

सोहराब को तलाश थी एक ऐसे मकान की, जो अंग्रेजी के सात नम्बर की तरफ इशारा करता हो। यही तो लिखा था उल्लू जैसी शक्ल वाले आदमी के यहाँ मिले उपन्यास पर। सात नम्बर बीच से कटा हुआ था। इसका भला क्या मतलब

हो सकता है।

वह हर मकान को बहुत ध्यान से देख रहा था। कस्बे के आखीर के एक मकान पर सोहराब की निगाहें टिक गयी। यह मकान बहुत ऊँचाई पर बना हुआ था। उसके सामने गुलमोहर के सात पेड़ लगे हुए थे। उनमें से एक पेड़ बीच से टूटा हुआ था।

"ओह तो यह है सात नम्बर और उसे बीच से काटने का राज!" इंस्पेक्टर सोहराब ने आहिस्ता से कहा।

दरअस्ल दो मंजिला यह मकान थोड़ा तिरछा बना हुआ था। इसकी वजह से गुलमोहर के पेड़ मुश्किल से नजर आते थे। सोहराब ने बस्ती के सारे मकानों और झोपड़ियों का जायजा ले डाला था, उसे कहीं और ऐसा चिन्ह नहीं मिला था जहां सात नम्बर जैसा कुछ नजर आता हो।

उसने मकान का ठीक से जायजा लिया और वापसी के लिए पलट पड़ा। दोपहर ढल चुकी थी। हवा में थोड़ी सर्दी बढ़ गयी थी। सोहराब, गुलबाग के घर की तरफ चल पड़ा।

घर के सामने ही उसे गुलबाग मिल गया। सोहराब को देखते ही उसका चेहरा खिल उठा।

"मैं आप ही की तलाश में जा रहा था जनाब!" गुलबाग ने उसे देखकर खुशी जताते हुए कहा।

"मैं जरा कस्बा घूमने निकल गया था।" सोहराब ने कहा।

"जनाब मैंने आपका नाम तो पूछा ही नहीं अब तक।"

"जी मुझे सौरभ कहते हैं।"

"आपको तो मेरा नाम पता ही है.... गुलबाग!" उसने खुशदिली से कहा।

गुलबाग, सोहराब को लेकर घर के अंदर चला गया।

डांस क्लास

डांस ट्रेनर सोफिया की तलाश में सलीम ने शहर के सारे डांसिंग स्कूल के चक्कर लगा डाले थे। इसका आखिरी नतीजा यह निकला कि उसे एक डांस ट्रेनर पसंद आ गयी। वह एक चायनीज लड़की थी। उस लड़की का नाम झांग यूकी था। सुंदर लड़की थी। सोहराब के जाने के बाद उसके पास कोई कामधाम तो था नहीं, उसने यूकी की डांसिंग क्लास ज्वाइन कर ली।

वह अभी भी ड्यूड होल के मेकअप में था। बहुत दिन गुजर गये थे उसे यह मेकअप किये हुए। वह बोर हो गया था इस मेकअप से। अपनी इस शक्ल और चौड़ी नाक की वजह से वह लड़कियों को इम्प्रेस भी नहीं कर पा रहा था... कम-से-कम उसका तो ऐसा ही खयाल था।

उसने यूकी से चीन का सनम डांस सीखने की ख्वाहिश जाहिर की। उसकी बात सुनकर यूकी बहुत देर तक हँसती रही। वह हँस रही थी और सार्जेंट सलीम ताज्जुब से उसका मुँह देख रहा था।

हँस चुकने के बाद उसने सार्जेंट सलीम को बताया कि सनम लड़कियों का डांस है। उसकी इस बात पर सार्जेंट सलीम काफी झेंप गया। बाद में उसने बात बनाते हुए कहा कि वह उस डांस पर रिसर्च कर रहा है।

बाद में तय हुआ कि वह यूकी से मंगोलियन बाल डांस सीखेगा। सलीम यूकी को हमेशा क्यूँकि कहता। उसकी इस बात पर यूकी हमेशा बुरा-सा मुँह बनाती।

दोनों के बीच अँग्रेजी में ही बात होती थी। उसने यूकी को बता रखा था कि उसे थोड़ी बहुत चायनीज भी आती है। हालाँकि यह उतना ही सच था जितना यह कि यूकी हिंदी जानती थी।

आज भी सलीम वक्त से आधा घण्टे पहले आ गया था। जैसीना के साथ होटल मेरिलबोर्न के डायनिंग हाल में सुबह का नाश्ता करने के बाद वह कुछ देर बैठा गपियाता रहा। उसके बाद जैसीना को उसके कमरे तक छोड़ने के बाद वह सीधे डांस-स्कूल आ गया था।

कुछ देर बाद यूकी उसके सामने थी। उसने उसे देखते ही नारा लगाने के अंदाज में कहा, "हाय क्यूँकि!"

"नॉट क्यूँकि!... यूकी... यूकी...।" उसने बुरा-सा मुँह बनाया।

अभी डांस हाल में दूसरे स्टूडेंट्स की रिहर्सल चल रही थी, इसकी वजह से यूकी वहीं वेटिंग रूम में बैठ गयी। कुछ देर बाद सार्जेंट सलीम ने उससे चायनीज में बात करनी शुरू की।

"चिंग चांग चूँ... इ्यांग झूँ फ्लाखूँ... ख्वाँ...।"

यूकी उसका चेहरा गौर से देखती रही और फिर वह सर पकड़कर बैठ गयी। सार्जेंट सलीम कुछ देर तक यूँ ही 'चिंग चांग चूँ' बकता रहा। जब यूकी ने उसकी बात का जवाब नहीं दिया तो वह चुप हो गया।

"आप मेरी भाषा का मजाक उड़ा रहे हैं।" सार्जेंट सलीम के चुप होने के बाद यूकी ने नाराजगी से कहा।

"मुझे माफ कर दें, मैं प्रैक्टिस कर रहा था।" सार्जेंट सलीम ने अंग्रेजी में जवाब दिया।

"इट्स ओके।" यह कहते हुए यूकी उठ खड़ी हुई और सार्जेंट सलीम भी उसके पीछे चल दिया।

चोरी

रात का वक्त था। सर्दी बढ़ गयी थी। सोहराब और गुलबाग डायनिंग टेबल पर बैठे खाना खा रहे थे। डिनर में शिकार की गयी सींखपर का कोरमा भी था।

"ड्राइवर बता रहा था कि रास्ते में आप पर हमला हो गया था।" गुलबाग ने पूछा।

"जी हां, कुछ लुटेरे थे।"

"पिछली रात हमारे कस्बे में भी चोरी हो गयी; हमारे इलाके में इस तरह की वारदातें कभी नहीं हुईं जनाब।"

चोरी की बात सुनकर सोहराब चौंक पड़ा। उसने पूछा, "कहाँ पर हुई चोरी?"

"कस्बे के आखीर में जो मकान है, उसमें जनाब; अजीब बात यह है कि तभी से उनका खानसामा भी गायब है।"

"क्या-क्या हुआ चोरी?"

"कोई खास सामान नहीं गया जनाब, बस एक पुराना बक्सा चोर उठा ले गये।"

"पुराना बक्सा!" सोहराब ने आश्चर्य से पूछा, "क्या था उस बक्से में?"

"घर वालों का कहना है कि कुछ पुराने कागजात थे।"

"चोर घुसे कैसे थे?"

"घरवालों को बेहोशी की दवा दी गई थी शायद, उसके बाद घर में पीछे से नकब लगाकर चोर घुसे थे जनाब।"

"बेहोशी की दवा.... किसने दी थी?"

"दरअस्ल खानसामा बाजार से सब्जी लाने निकला था। वह बहुत देर तक नहीं लौटा। उसके बाद एक दूसरा आदमी आया और उसने घर वालों को बताया कि वह खानसामा का चचेरा भाई है। घर में खानसामा के अब्बा बीमार हैं इसलिए वह घर चले गये हैं, उनकी जगह घर का सारा काम वह करेगा।"

"ओह!" सोहराब के माथे पर बल पड़ गये। उसने पूछा, "फिर क्या हुआ?"

"वह रात का खाना बनाकर चला गया। सुबह घर वालों की आँख बहुत देर से खुली। बाद में पता चला कि दीवार में नकब लगी हुई है। घर के सामान चेक किये गये तो एक बक्सा गायब मिला। दोपहर को जब खानसामा के घर पता किया गया तो मालूम हुआ कि वह घर पहुँचा ही नहीं है जनाब।"

"खानसामा कहाँ का रहने वाला है?" इंस्पेक्टर सोहराब ने पूछा।

"पास के ही एक गाँव का रहने वाला है जनाब।"

"क्या पुलिस में रिपोर्ट दर्ज करायी गयी है?"

"अभी तक तो नहीं जनाब...दरअस्ल घरवालों का कहना है कि कुछ खास चोरी नहीं हुआ है इसलिए रिपोर्ट दर्ज कराने से क्या फायदा।"

"लेकिन खानसामा भी तो लापता है।" सोहराब ने आश्चर्य से कहा।

"हाँ, यह बात तो है जनाब।"

सोहराब गहरी सोच में डूब गया। खाना खत्म करके वह अपने कमरे में आ गया। गुलबाग ने कहवा पीने के लिए कहा, लेकिन सोहराब ने कहा कि वह बहुत थका हुआ है और सोना चाहता है।

"आज की रात बहुत अहम है।" सोहराब ने धीरे से कहा और दरवाजे में सिटकिनी लगा दी।

नकाबपोश

रात के एक बजे थे। अमावस के बाद की रात थी। चाँद अभी पहाड़ी के पीछे से नहीं निकला था। हर तरफ सन्नाटा पसरा हुआ था। तेज हवा चल रही थी। ऐसा लगता था जैसे दूर जंगल में परियाँ गाना गा रही हैं। ऐसे में काले कपड़ों वाला एक नकाबपोश कस्बे के किनारे वाले ऊँचाई पर बने एक मकान की तरफ बढ़ रहा था।

कुछ देर बाद वह घर के पीछे वाले हिस्से पर पहुँचकर रुक गया। उसने ओवरकोट के अंदरूनी हिस्से में छुपाया गया बड़ा-सा चाकू निकाल लिया। इसके बाद उसने दीवार में चुनी गई ईंटों की सीमेंट को खुरचना शुरू कर दिया।

थोड़ी मेहनत के बाद उसने दीवार की एक पूरी लाइन निकाल ली। लाइन हटने के बाद बाकी ईंटें निकालना उसके लिए आसान हो गया।

यह वही दीवार थी, जिसमें से पिछली रात चोर घुसे थे। उसी दिन दोपहर में राजमिस्त्री से दीवार चुनवा दी गयी थी, लेकिन मसाला अभी तक कच्चा ही था इसलिए ईंटें निकलती चली गईं।

कुछ देर बाद ही वहाँ इतना बड़ा छेद हो गया कि नकाबपोश बड़ी आसानी से अंदर जा सकता था। नकाबपोश ने चाकू को कोट के भीतरी हिस्से में छुपा लिया। उसके बाद वह अंदर दाखिल हो गया।

घर के सभी लोग सोये हुए थे। नकाबपोश ने जेब से एक रूमाल और शीशी निकाली। उसने शीशी से कुछ बूँदें रूमाल पर डाल लीं।

इसके बाद उसने एक कमरे का दरवाजा आहिस्ता से खोला और सोये हुए एक युवक की नाक पर उसने रूमाल रख दिया। इसी तरह से उसने बाकी सोये हुए लोगों के साथ किया।

इस काम से फारिग होने के बाद उसने घर की तलाशी लेनी शुरू कर दी।

पेड़ की कोटर

रात के साढ़े तीन बजे थे। पूरा कस्बा सोया हुआ था। चाँद निकल आया था। हलकी चाँदनी छिटकी हुई थी। इंस्पेक्टर कुमार सोहराब जंगल की तरफ जा रहा था। पैरों में रबर के जूते होने की वजह से चलने की आवाज नहीं निकल रही थी। वह बड़ी तेजी से चला जा रहा था। उसने सर पर फेल्ट हैट लगा रखी थी। फेल्ट हैट को सर पर कुछ इस तरह से झुका लिया था कि उसका आधा चेहरा उसमें छुप गया था। कुछ आगे जाने पर उसने पलटकर पीछे की तरफ देखा। दूर-दूर तक कहीं कोई नजर नहीं आ रहा था।

सोहराब का दिमाग बड़ी तेजी से दौड़ रहा था। उसे कस्बे में आये हुए एक दिन होने को आया था। उम्मीद के मुताबिक इस दौरान न तो उसका पीछा हुआ था और न ही किसी तरह का हमला। फिर शोलागढ़ से गीतमपुर आते वक्त हमले का क्या मकसद था, इस बात पर वह बहुत देर उधेड़बुन करता रहा।

वह इस नतीजे पर पहुँचा था कि उसे रास्ते में फँसाये रखने के लिए ही गोलीबारी की गयी थी। इसका मतलब था कि अपराधी तड़के तक कस्बे में ही किसी न किसी रूप में मौजूद थे। वह नहीं चाहते थे कि सोहराब यहाँ पर इस दौरान पहुँचे। यानी मुजरिम अपना काम करके कस्बे से जा चुके हैं...यह खयाल आते ही सोहराब बेचैन हो उठा।

सोहराब जंगल में दाखिल हो गया था। हर तरफ झींगुरों की झाँय-झाँय गूँज रही थी। कहीं दूर से सियार के रोने की आवाज सुनायी दी। यहाँ बड़ी संख्या

में हिरन, चीतल और बारासिंघे थे। जंगल में शेर-जीते जैसे खूँख्वार जानवर नहीं थे।

किसी-किसी पेड़ पर चिड़ियों की तेज फड़फड़ाहट सुनायी दे जाती, इससे जंगल का सन्नाटा भंग हो जाता। तेज हवा से पेड़ों पर सरसराहट हो रही थी। ऐसा लग रहा था कि ढेर सारी चुड़ैलें आपस में सरगोशी कर रही हैं। पेड़ों से छन-छन कर चाँदनी जमीन तक पहुँच रही थी, इसके बावजूद जहाँ पर पेड़ घने थे वहाँ दूर तक अँधेरा फैला हुआ था। उसे अँधेरे में कुछ दूर पर दो चमकती हुई आँखें नजर आयीं। इंस्पेक्टर सोहराब तेजी से आगे बढ़ता जा रहा था। उसके नजदीक पहुंचते ही जंगली बिल्ली भाग खड़ी हुई।

इंस्पेक्टर सोहराब एक मोटे से पेड़ के सामने जाकर रुक गया। दोपहर में उसने यहीं पर किसी भारी चीज के घसीटे जाने के निशान देखे थे। उसने जेब से टार्च निकालकर जला ली। वह निशान अभी भी मौजूद थे।

उसने टॉर्च की रोशनी पेड़ पर डाली और उसका घेरा पेड़ पर घुमा-घुमा कर देखने लगा। इसके बाद टॉर्च बुझाकर जेब में रख ली। इंस्पेक्टर सोहराब पेड़ पर चढ़ने लगा। पेड़ पर चढ़ने में उसे ज्यादा दुश्वारी नहीं हुई। पेड़ बहुत मोटा था।

पेड़ की ऊँचाई पर पहुँचने के बाद उसने एक बार फिर टॉर्च जेब से निकाल ली और उसकी रोशनी में पेड़ का जायजा लेने लगा। उसे कहीं कोई खास बात नजर नहीं आयी। अचानक एक जगह पर रोशनी पड़ते ही वह चौंक पड़ा। उसने रोशनी का घेरा वहीं टिका दिया। उसे अपनी मेहनत कामयाब होती लगी। उसे किसी के काले बाल नजर आ रहे थे।

वह थोड़ा नीचे आ गया और फिर से टॉर्च जलाकर उसी जगह पर डाली। यह पेड़ का बहुत बड़ा-सा कोटर था...या यों कहें कि यह पेड़ अंदर की तरफ से खोखला था। पेड़ का यह खोखला हिस्सा नीचे से नजर नहीं आता था। उस खोखले हिस्से में उसे एक आदमी नजर आ रहा था।

इंस्पेक्टर सोहराब ने टॉर्च को मुँह में दबा लिया और पेड़ के कोटर में पड़े आदमी को बाहर निकालने की कोशिश करने लगा। उसके हाथ लगाने पर उस आदमी में थोड़ी जुम्बिश हुई... यानी कि वह जिंदा था।

इंस्पेक्टर सोहराब ने पेड़ पर पैर जमा लिये और पूरी ताकत से उसे बाहर निकालने की कोशिश करने लगा। कुछ मशक्कत के बाद आखिरकार उस

आदमी को बाहर निकालने में वह कामयाब हो ही गया।

उस आदमी को उसने एक मोटी डाल पर बैठा दिया। सोहराब ने उस पर टॉर्च की रोशनी डाली। उसके दोनों हाथ और पैर बँधे हुए थे, मुँह पर भी अँगौछा बँधा हुआ था। वह भयभीत नजरों से इंस्पेक्टर सोहराब को देख रहा था।

"डरो नहीं मैं तुम्हारी मदद के लिए ही यहाँ आया हूँ।" इंस्पेक्टर सोहराब ने उसे दिलासा दिया।

इंस्पेक्टर सोहराब ने उसके मुँह पर से अँगौछा हटा दिया, उसके हाथ और पैर की रस्सी भी खोल दी। उसके बाद उसे सहारा देकर नीचे उतारने लगा। उस आदमी को पेड़ से नीचे उतारने में खासी दुश्वारी हुई। वह निढाल हो रहा था। उसके बाद सोहराब भी पेड़ से नीचे उतर आया।

"तुम लापता खानसामा हो?" इंस्पेक्टर सोहराब ने रोशनी करते हुए उससे पूछा।

उसने हाँ में सर हिला दिया। वह इस कदर खौफजदा था कि उसके मुँह से आवाज भी नहीं निकल रही थी।

"क्या तुम कस्बे तक चल सकोगे?" इंस्पेक्टर सोहराब ने उससे पूछा।

इस बार भी उसने हाँ में सर हिला दिया।

इंस्पेक्टर सोहराब उसे सहारा देकर धीरे-धीरे आगे बढ़ने लगा। कुछ दूर जाने के बाद ही वह बेहोश होकर इंस्पेक्टर सोहराब के हाथों में आ रहा। सोहराब उसके करीब ही चल रहा था। उसने तुरंत ही उसे सँभाल लिया।

इंस्पेक्टर कुमार सोहराब ने उसे उठाकर कांधे पर डाल लिया और तेज कदमों से चलने लगा। एक वजनी चीज अचानक आकर सोहराब के करीब गिरी। वह चौंक कर रुक गया। उसने टार्च जलाकर देखा तो वह एक जंगली फल था जो ऊपर पेड़ से गिरा था।

कुछ देर बाद वह अपने कमरे में था। उसने खानसामा को अपने बिस्तर पर लिटा दिया और उसके मुँह पर पानी के छींटे मारने लगा। कुछ देर बाद खानसामा ने आँखें खोल दीं। वह हवन्नकों सा चारों तरफ देख रहा था।

इंस्पेक्टर सोहराब ने उसे पीने के लिए पानी दिया। जब उसके होश थोड़ा दुरुस्त हुए तो उसने उसे कुछ ड्राई फ्रूट खाने को दिये। जब वह खा चुका तो उसे अपने बिस्तर पर ही सुला दिया और सोहराब खुद बैठकर सिगार पीने लगा।

अपहरण

सुबह सात बजे सोहराब ने खानसामा को जगा दिया। गुलबाग नाश्ते के लिए कुछ देर बाद ही आने वाला था, उससे पहले ही सोहराब, खानसामा से बहुत कुछ जानना चाहता था।

खानसामा की नींद पूरी नहीं हुई थी। उसकी थकान चेहरे से जाहिर हो रही थी। दूसरी बात यह थी कि वह तकरीबन चौबीस घण्टे से ज्यादा पेड़ के एक कोटर में फँसा रहा था।

सोहराब ने उससे अपनी दास्तान बयान करने के लिए कहा। खानसामा ने शुरू से आखिर तक पूरा वाकिया बयान कर दिया।

उसकी बातों का लब्बोलुबाब यह था कि वह कस्बे के बाजार की तरफ सब्जी लेने जा रहा था, तभी दो लोगों ने उसे पता बताने के बहाने एक कार में बैठा लिया। उसके कार में बैठने के कुछ देर बाद ही उसे काबू में करके जंगल की तरफ ले जाया गया।

जंगल में ले जाने के बाद उन्होंने उसके हाथ-पैर बाँधे दिये, मुँह पर उसका अँगौछा बाँधकर एक रस्सी की मदद से उसे कोटर में डाल दिया गया। बदमाशों ने शायद उस कोटर को पहले ही देख रखा था।

उसकी दास्तान सुनने के बाद इंस्पेक्टर कुमार सोहराब ने खानसामा से कहा कि वह लोगों को यही बताये कि बदमाशों ने उससे पैसे लूटने के बाद जंगल में हाथ-पैर बाँधकर फेंक दिया था, सुबह की सैर को निकले सौरभ की नजर उस

पर पड़ी और वह उसे यहाँ ले आया।

यह सारी कहानी सेट करने के बाद सोहराब ने उससे फिर सो जाने के लिए कहा। वह खुद नहाने के लिए वाशरूम में चला गया।

एक और पीला तूफ़ान

दोपहर का वक़्त था। सार्जेंट सलीम होटल मेरिलबोर्न के अपने कमरे में बैठा बोर हो रहा था। जैसीना दो बार उसे फोन कर चुकी थी, लेकिन उसने सोने का बहाना बनाकर उसे टाल दिया।

दरअस्ल वह बैठा सोच रहा था कि आज की शाम कहाँ और कैसे गुजारी जाये। दिन तो बहरहाल सोने और जैसीना के साथ खुशगप्पियों में गुजर ही जाता था।

उसने होटल सिनेरियो फोन करके शाम के प्रोग्राम के बारे में पता किया। मालूम हुआ कि वहाँ आज एक रूसी नर्तकी बैले पेश करने वाली है।

खास बात यह थी कि वह फिल्मी गीतों पर भी बैले डांस करने वाली थी। सार्जेंट सलीम ने शाम के लिए एक टेबल रिजर्व करा ली।

पहले तो उसने तय किया था कि वह अकेले जायेगा, फिर उसने जैसीना को भी साथ ले जाना बेहतर समझा ताकि उससे गप्पें भी की जा सकें। उसने जैसीना को शाम के प्रोग्राम के बारे में फोन पर बता दिया। इसके बाद वह चादर तान कर सो गया।

शाम सात बजे उसकी आँख खुली। उसने वाशरूम जाकर शॉवर लिया। कुछ देर बाद सजधजकर अपने कमरे से बाहर निकल आया। वह अभी भी ड्यूड होल के ही मेकअप में था।

रूम से निकलने से पहले वह नाकों के नथुनों में स्प्रिंग डालना नहीं भूला था। इससे उसकी नाक थोड़ा चौड़ी हो गयी थी। उसने जैसीना के दरवाजे पर

कुमार रहमान

हलके-से दस्तक दी। कुछ देर बाद ही जैसीना बाहर थी।

उनकी मिनी का रुख होटल सिनेरियो की तरफ था। आज होटल सिनेरियो की थीम पर्पल थी। पूरा होटल पर्पल कलर की लाइटों से रंगा हुआ था। अंदर भी सब कुछ पर्पल ही था, यहाँ तक कि पर्दे भी पर्पल कलर के थे।

सार्जेंट सलीम ने डायनिंग हाल पर एक उचटती हुई नजर डाली और अपनी टेबल की तरफ बढ़ गया। अभी रात के साढ़े आठ बजे थे। रात नौ बजे से प्रोग्राम शुरू होना था।

डायनिंग हाल की ज्यादातर टेबल पर लोग बैठे हुए थे। अब सिर्फ वही टेबल खाली थीं जो रिजर्व थीं। दरअस्ल स्पेशल प्रोग्राम के दिन यहाँ खासी भीड़ रहती थी।

सार्जेंट सलीम ने आदत के खिलाफ अपने लिए एस्प्रेसो यानी ब्लैक कॉफी मँगाई और जैसीना के लिए व्हाइट कॉफी का आर्डर दिया था।

“आपको बैले आता है?” सार्जेंट सलीम ने उससे पूछा।

“जी बिलकुल आता है।”

“तो आज एक राउण्ड आपका भी हो जाये।”

“मैं प्रोफेशनल डांसर नहीं हूँ।” जैसीना ने बुरा-सा मुँह बनाकर जवाब दिया।

“अरे इसमें क्या बुरा है, आपने इससे पहले तो मेरे साथ डांस किया था।”

“तब बात और थी; वैसे भी बैले मुझे ज्यादा पसंद नहीं, इसमें कोई आर्ट नहीं होता।”

“ऐसा तो नहीं है, हर डांस एक आर्ट ही है।” सार्जेंट सलीम ने कहा, “कभी कालबेलिया को नजरअंदाज कर दिया गया था, आज वह एक जाना-पहचाना नृत्य है।”

इसके बाद सार्जेंट सलीम ने एक गहरी आह भरकर कहा, “ ...लेकिन मेरे देश में नागिन डांस खत्म होता जा रहा है, अब शादियों में इसका क्रेज नहीं रहा... हाय अफसोस!”

उसकी इस बात पर जैसीना उसका मुँह गौर से देखने लगी जैसे उसकी समझ में बात आयी ही न हो।

“तुम नहीं समझोगी भूरी बिल्ली।” सार्जेंट सलीम ने आहिस्ता से हिंदी में कहा।

वेटर कॉफी की ट्रे रख गया। जैसीना कॉफी बनाने लगी। कुछ देर बाद

दोनों कॉफी का मजा लेने लगे। कॉफी पीकर सार्जेंट सलीम ने जेब से वॉन गॉग का पाउच निकाला और तम्बाकू पाइप में भरने लगा।

स्टेज पर रोशनी हो गई थी और म्यूजिक बजने लगा। कुछ देर बाद ही रूसी बैले डांसर स्टेज पर थी। पहले उसने रशियन धुन पर एक आइटम पेश किया।

उसके बाद एक पुराना हिंदी गाना "शोला जो भड़के....." बजने लगा और नर्तकी उस पर परफार्म करने लगी। यकीनन दिलचस्प फ्यूजन था। लोगों को यह प्रयोग बहुत पसंद आ रहा था। कुछ नौजवान स्टेज के नीचे ही डांस करने लगे।

डांस अपने चरम पर पहुँच चुका था, तभी डांस फ्लोर पर फॉग उड़ने लगा। डांस के दौरान इस तरह का फॉग मशीन से छोड़ा जाता है, लेकिन फॉग अब स्टेज से नीचे हाल में भी फैल रहा था।

कुछ सेकेंड में ही फॉग पूरे हाल में फैल गया। हर तरफ बस सफेद फॉग दिख रहा था। तभी कुछ पीले रंग के गुब्बारे हाल में नजर आये। अचानक ही यह गुब्बारे फूट गये और पूरा हाल गहरे पीले धुएँ से भर गया।

सार्जेंट सलीम को खतरे का एहसास हो चुका था। उसने जैसीना का हाथ पकड़ा और तेजी से गेट की तरफ भागने लगा। अचानक उसके सर पर पीछे से कोई वजनी सी चीज पड़ी और उसकी आँखों के सामने तारे ही नहीं, चाँद और सूरज भी नाच गये। बेहोश होकर गिरते-गिरते उसने जैसीना के चीखने की आवाज सुनी थी।

मसख़रा

सार्जेंट सलीम को होश आया तो उसने देखा कि वह एक खम्भे से बँधा हुआ है। उसका सर दुख रहा था। पिछली रात उसके सर पर जोर की चोट मारी गयी थी। उसे पिछली सारी बातें धीरे-धीरे याद होती चली गयीं। होटल सिनेरियो में हमले के बाद उसने खुद को यहाँ पाया था।

उसके दोनों हाथ खम्भे से बँधे हुए थे। वह अपने सर को छूकर देख भी नहीं सकता था कि सर में जख्म तो नहीं हुआ है। उससे कुछ ही दूरी पर तीसरी हमशक्ल यानी जैसीना एक मेज के पीछे कुर्सी पर बैठी ऊँघ रही थी।

उस पर नजर पड़ते ही सार्जेंट सलीम को सुकून मिला कि जैसीना को कोई नुकसान नहीं पहुँचाया गया था...लेकिन उसे यूँ इत्मीनान से बैठे देखकर उसका मूड खराब हो गया।

"ओह तो यह चुड़ैल भी मुजरिमों से मिली हुई है, किस तरह आराम से बैठी है।" सार्जेंट सलीम बड़बड़ाया।

"उठो बेबी सुबह हो गयी!" सार्जेंट सलीम ने वहीं से हाँक लगायी।

उसकी आवाज सुनकर जैसीना चौंककर सार्जेंट सलीम की तरफ देखने लगी।

"थैंक गॉड तुम ठीक हो!" जैसीना ने उसकी तरफ देखते हुए कहा।

"मुझे क्या होने लगा भूरी बिल्ली!" सार्जेंट सलीम ने उसकी तरफ घूरते हुए कहा।

"तुम बेहोश थे काले बिल्ले!" जैसीना ने उसे तुर्की-ब-तुर्की जवाब दिया।

उसके इस जवाब पर सार्जेंट सलीम तिलमिलाकर रह गया। वह उसे घूरे जा रहा था।

जहाँ सार्जेंट सलीम और जैसीना को रखा गया था, वह एक बड़ा-सा हॉल था। हाल की छत बहुत ऊँची थी। उस हाल में उन दोनों के अलावा कोई और नहीं था। सार्जेंट सलीम सोचने लगा कि जाने यह कौन सी जगह है और वह लोग अब उसका क्या करने वाले हैं। इंस्पेक्टर सोहराब के बारे में भी उसे कुछ नहीं पता था।

इंस्पेक्टर कुमार सोहराब का खयाल आते ही एक बार फिर उसका मूड उखड़ गया। "जनाबे आली इतने बड़े जासूस बने फिरते हैं और मुझसे अपराधियों के साथी की सुरक्षा करा रहे थे।" सार्जेंट सलीम बड़बड़ाया, "मुझे फँसाकर खुद साहब सैर को निकल गये हैं।"

सलीम को इस बात का यकीन था कि अपराधी फिलहाल उसे कोई नुक्सान नहीं पहुँचाने वाले हैं। अगर अपराधियों को उसे मारना होता तो अब तक मार चुके होते, इस तरह बंधक बनाकर नहीं रखते। उसे बंधक बनाकर क्यों रखा गया है? यह उसकी समझ में भी नहीं आ रहा था... शायद कुछ उगलवाना चाहते हों।

"मेरी यह हालत बैले डांस देखते हुए हुई है, अभी मेरा शौक पूरा नहीं हुआ है भूरी बिल्ली!" सार्जेंट सलीम ने फिर से जैसीना को छेड़ा, "बैले तो तुम भी जानती हो न, दो-चार स्टेप दिखाओ न भूरी बिल्ली।"

"शटअप!"

तभी हॉल का दरवाजा खुलने की आवाज आयी और सार्जेंट सलीम की नजर दरवाजे की तरफ उठ गयी। एक विदेशी अंदर दाखिल हो रहा था। उसके सर के बाल बहुत छोटे-छोटे थे।

"तुम्हारी बीवी तुम्हें कूटती है क्या!" सलीम ने आने वाले विदेशी से अंग्रेजी में पूछा।

"क्या बकते हो!" विदेशी भड़क गया।

"तुम्हारे बाल इतने छोटे हैं तो मुझे लगा कि वह तुम्हारे बाल पकड़कर कूटती होगी, इसलिए सर पर मशीन चलवा दी।"

"लगता है सर की चोट ने तुम्हारे दिमाग पर असर किया है।" विदेशी ने सार्जेंट सलीम का मजाक उड़ाते हुए कहा।

सलीम तिलमिलाकर रह गया। उसने गुस्से को काबू में रखते हुए कहा, "अगर शादी नहीं हुई है तो मेरे पास तुम्हारे लिए एक अच्छा रिश्ता है, यह जो सामने भूरी बिल्ली बैठी हुई है... इससे शादी कर लो, यह बैले भी जानती है।"

"शटअप!" सलीम की इस बात पर जैसीना ने दाँत पीसते हुए कहा। वह उसे घूरे जा रही थी। "लगता है सचमुच तुम्हारा दिमाग चल गया है।" जैसीना ने कहा।

विदेशी हँसते हुए हॉल के दूसरी तरफ जाने लगा। तभी सलीम ने अपनी टाँग अड़ा दी और विदेशी जमीन पर आ रहा। वह तेजी से उठ खड़ा हुआ और सार्जेंट सलीम की तरफ झपटा। सलीम ने एक टाँग चलायी और वह दूर जा गिरा।

वह फिर से उठकर सार्जेंट सलीम की तरफ बढ़ ही रहा था कि तभी एक दूसरा विदेशी कमरे में दाखिल हुआ और अपने साथ चलने को कहा।

"मैं देखूँगा तुम्हें।" विदेशी ने सलीम को मुक्का दिखाते हुए कहा।

"दोबारा आना तो कॉफी लेते आना, चीनी आधा चम्मच।" सलीम ने उसे फिर से छेड़ा।

वह दोनों विदेशी बिना कोई जवाब दिये हाल से बाहर निकल गये। अब हाल में जैसीना और सार्जेंट सलीम ही बचे थे। उनके जाने के बाद सलीम मुँह से सीटी बजाने लगा।

सार्जेंट सलीम की ऊटपटाँग बातें सुनकर जैसीना ने सोचा कि शायद वाकई सर की चोट से उसका दिमाग उलट गया है। सलीम का मेकअप अभी भी नहीं हटा था।

शरीफ़ मुजरिम

इंस्पेक्टर सोहराब गुलबाग के साथ सुबह का नाश्ता कर रहा था। खानसामा फिर सो गया था। इंस्पेक्टर सोहराब ने गुलबाग को खानसामा के बारे में बता दिया था। उसने गुलबाग को वही कहानी बतायी, जो उसने खानसामा को सिखायी थी।

नाश्ता करने के बाद इंस्पेक्टर सोहराब ने सिगार जला ली। उसकी एक बात समझ में नहीं आ रही थी कि मुजरिमों ने आखिर खानसामा को मारा क्यों नहीं, उन्होंने इतनी मुसीबत क्यों मोल ली पकड़कर। जंगल लेकर जाना और फिर उसे रस्सी से बाँधकर पेड़ की कोटर में डालने का आखिर क्या मतलब था... इसकी जगह वह खानसामा को जान से मारकर जंगल में कहीं भी फेंक सकते थे, यह उनके लिए ज्यादा आसान होता।

कहीं खानसामा अपराधियों से मिला हुआ तो नहीं है? यह सवाल सोहराब के जेहन में चिपक-सा गया।

इंस्पेक्टर सोहराब ने सिगार ऐश ट्रे में मसल दी और उठ खड़ा हुआ। उसने अपने कमरे में आकर दरवाजे में चिटखिनी लगा दी और खानसामा को जगा दिया। सोहराब ने उसे कॉफी पीने को दी। उसके कॉफी पी चुकने के बाद सोहराब ने जेब से माउजर निकालकर उसकी तरफ तान दी।

माउजर देखते ही खानसामा की चिच्घी बँध गयी।

"साहब मैंने कुछ नहीं किया है।" उसने चिचियाते हुए कहा।

“मैंने कब कहा कि तुमने कुछ किया है; तुमने हमें पूरा सच नहीं बताया। अगर तुम्हें बचाया है तो मैं मार भी सकता हूँ, यहीं मारकर दफ्ना दूँगा किसी को पता भी नहीं चलेगा।” इंस्पेक्टर सोहराब ने एक-एक शब्द को चबाते हुए उसे चेतावनी दी।

“साहब मैं सब कुछ बता दूँगा।” खानसामा ने हाथ जोड़ते हुए कहा।

“चलो फिर शुरू हो जाओ फटाफट।”

“साहब वह दो लोग थे, मुझे बहाने से जंगल तक ले गये थे। वहाँ उन्होंने मुझसे मेरे मालिकों के बारे में कुछ जानकारी मांगी थी। मैंने मना किया तो उन्होंने हथियार निकाल लिया था।” खानसामा ने खौफजदा आवाज में कहा।

“फिर क्या हुआ?”

“डरकर मैंने उन्हें सारी जानकारी दे दी, वह पुराने साहब के बारे में भी पूछ रहे थे, मैंने बताया कि मैं उन्हें नहीं जानता हूँ, मैं उनके इंतेकाल के बाद यहाँ आया था। बाद में वह मुझे कोटर में डाल गये... कहने लगे कि तुमने हमारी मदद की है, हम नाहक तुम्हें कत्ल नहीं करेंगे, यहीं कोटर में डाले जा रहे हैं, बच गये तो तुम्हारी किस्मत।”

अजीब बात थी। सोहराब सोचने लगा-बड़े शरीफ मुजरिम थे! फिर उसे सारा माजरा समझ में आ गया। मुजरिम नाहक उसे मारकर बात को बढ़ाना नहीं चाहते थे, उन्हें अपना काम बहुत खामोशी से करना था।

“सच कह रहे या अभी भी कुछ छिपा रहे हो?” इंस्पेक्टर सोहराब ने उससे कड़कदार आवाज में पूछा।

“नहीं साहब... सब कुछ सचसच बता दिया है।”

खानसामा ने सोहराब को यह भी बता दिया कि बदमाशों ने उससे क्या जानकारी माँगी थी। खानसामा ने जो जानकारी दी थी वह इस केस की टूटी कड़ियों में फिट हो रही थी। कुछ बातें अभी भी समझने को बची थीं। सोहराब ने उसे घर जाने की इजाजत दे दी, साथ ही यह ताकीद भी कर दी कि वह इन बातों का जिक्र किसी से नहीं करेगा।

कस्बे में सोहराब ने खानसामा के चाल-चलन के बारे में जानकारी जुटायी तो पता चला कि वह सीधा और शरीफ आदमी है। वह बीसेक साल से इस परिवार के यहाँ खानसामा था, कभी उसने कोई हेराफेरी नहीं की थी।

फ़रार

रात का एक बजा था। फंटूश रोड सन्नाटे में डूबी हुई थी। कभी-कभी किसी उल्लू के चीखने की आवाज सुनायी दे जाती थी। चाँद की आखिरी तारीखें थीं, इसलिए अभी चाँद भी नहीं निकला था। पूरे इलाके पर अँधेरे का राज था। दूर-दूर तक कोई नजर नहीं आ रहा था।

फंटूश रोड की वह पुरानी कोठी बाहरी तौर से देखने पर वीरान नजर आ रही थी। यह वही कोठी थी, जिसमें इंस्पेक्टर सोहराब एक बार आ चुका था। उससे पहले उसने उल्लू जैसी शक्ल वाले आदमी को भी कोठी के अंदर जाते हुए देखा था। कोठी की बड़ी-सी बैठक में सार्जेंट सलीम खम्भे से बँधा खड़ा था। इस बार उसके पैर भी बँधे हुए थे। उसके दाहिनी तरफ जैसीना खड़ी थी, उसके सिर्फ हाथ ही बाँधे गये थे।

कुछ दूर पर आतिशदान के पास एक बूढ़ा, व्हील चेयर पर बैठा कोई फाइल देख रहा था। कमरे में दो लोग और भी थे। वह दोनों बहुत लम्बे-चौड़े थे। उनके चेहरों पर चोट के निशान और भारी जबड़े बता रहे थे कि वह कोई अच्छे लोग नहीं हैं। बूढ़े के अलावा वह दोनों भी विदेशी ही थे।

"अरे इन कमबख्तों ने तुम्हें भी बाँध दिया, बड़े निर्दयी हैं।" सार्जेंट सलीम ने जैसीना की तरफ देखते हुए अँग्रेजी में कहा।

बदले में जैसीना ने बुरा-सा मुँह बनाया, लेकिन कोई जवाब नहीं दिया।

"अभी तक तो इन कमीनों ने तुम्हें आजाद छोड़ रखा था, तुमने ऐसा क्या

कर दिया कि तुम भी बाँध दी गयी।” सार्जेंट सलीम ने आँख मारते हुए उससे पूछा, “मैं तो भ्रम में पड़ गया था कि तुम भी इनकी ही साथी हो।”

“मुझे वहाँ भी बाँध रखा था कुर्सी से, सामने मेज थी इसलिए तुम देख नहीं सके थे।” जैसीना ने गुस्से से कहा।

तभी एक लड़की कमरे में दाखिल हुई। उसके हाथ में एक बाउल था। बाउल में कुछ उबले हुए अण्डे रखे थे। उन पर से छिलका हटा दिया गया था। यह लड़की भी विदेशी थी। वह बहुत खूबसूरत थी।

अण्डों पर कुछ संदेश लिखे हुए थे। बूढ़ा, मैग्नीफाइंग ग्लास से उन संदेशों को पढ़ रहा था। लड़की पास ही खड़ी थी।

“अंकल ! कुछ अण्डे मुझे भी मँगवा दीजिए... जोरों की भूख लगी है।” सार्जेंट सलीम ने कहा, “बहुत तकल्लुफ करने की जरूरत नहीं है, बस साथ में एक कप कॉफी... और हाँ चीनी जरा कम।”

उसकी इस बात पर जैसीना मुस्कुराये बिना नहीं रह सकी।

“अपनी टर्र-टर्र बंद करो वरना मेरे आदमी आवाज बंद कर देंगे हमेशा के लिए।” बूढ़े ने गुर्राते हुए कहा। उसकी आवाज में नवजवानों जैसा जोश था।

“देखिए अंकल हमारे यहां भूखे को खाना खिलाना पुण्य का काम होता है।” सार्जेंट सलीम ने फिर से बूढ़े को छेड़ा।

बूढ़ा उसे घूरने लगा।

“मिस गुलाबो... आई मीन रोजीना.... आप ही कुछ खिला दीजिए इस भूखे को।” सार्जेंट सलीम ने बूढ़े के पास खड़ी लड़की से कहा।

लड़की ने पलटकर मुस्कुराते हुए सार्जेंट सलीम से कहा, “मेरा नाम रोजीना नहीं है।”

“तो क्या शैतान की खाला है?” सार्जेंट सलीम ने कहा।

“इसका मुँह बंद कराओ।” बूढ़ा बुरी तरह से दहाड़ा।

हाल में मौजूद दोनों में से एक आदमी ने जेब से रिवाल्वर निकाल ली। उसने धमकी देते हुए कहा, “अब आवाज निकाली तो गोली मार दूँगा।”

रिवाल्वर देखकर सार्जेंट सलीम खामोश हो गया। उसने खौफजदा हो जाने का अभिनय करते हुए अपने होंठ तेजी से भींच लिये।

“मोराको कहाँ मर गया !” बूढ़ा दीवार घड़ी की तरफ देखते हुए बड़बड़ाया, “एक घण्टे से ज्यादा गुजर गये।” वह फिर से अण्डों पर लिखी इबारत को पढ़ने

लगा।

कुछ देर बाद कमरे में बूट की आवाज सुनकर बूढ़े ने नजरें ऊपर उठायीं। सामने एक मज़बूत कद-काठी का आदमी खड़ा मुस्कुरा रहा था।

"कहाँ रह गये थे मोराको.... आओ बैठो।" बूढ़े ने कहा।

"सॉरी सर कुछ लेट हो गया।" मोराको, बूढ़े के करीब रखी कुर्सी पर बैठ गया।

"सारी तैयारी पूरी हो गयी?" बूढ़े ने पूछा।

"यस बॉस।" मोराको ने कहा। उसके बाद उसने सार्जेंट सलीम और जैसीना की तरफ देखते हुए पूछा, "इनका क्या करना है?"

"इन्हें यहीं छोड़ जायेंगे, मुझे बेवजह खून-खराबा पसंद नहीं, यह हमारे बारे में जो भी जानते हैं वह इनके किसी काम का नहीं। हम एक बार यहाँ से निकल गये, फिर इनके हाथ लगी कोई भी सूचना हमारा कुछ नहीं बिगाड़ सकती।"

"मतलब!... यह लोग कौन हैं?"

"यह अपने को ड्यूड होल बताता है। दरअस्ल यह खुफिया विभाग का जासूस सार्जेंट मुजतबा सलीम है।" बूढ़ा सार्जेंट सलीम की तरफ देखकर मुस्कुरा रहा था। उसकी मुस्कुराहट में व्यंग्य था।

सार्जेंट सलीम खामोशी से जमीन की तरफ देखने लगा।

इसके बाद बूढ़े ने जैसीना की तरफ इशारा करते हुए कहा, "और यह जैसीना है, तीसरी हमशक्ल।" बूढ़ा खामोश होकर गहरी मुस्कुराहट के साथ जैसीना की तरफ देखने लगा। कुछ देर बाद उसने कहा, "यह भी खुफिया विभाग से है, इसका नाम रोजी है।"

यह सुनते ही सार्जेंट सलीम फटी-फटी आँखों से जैसीना उर्फ रोजी की तरफ देखने लगा। रोजी ने भी सलीम की तरफ देखा। सार्जेंट सलीम को इस तरह अपनी तरफ देखते पाकर उसके होंठों पर इस बेबसी में भी मुस्कान फैल गई।

"ओह!" मोराको ने आश्चर्य से कहा, "यानी यह दोनों मेकअप में हैं, इनका मेकअप क्यों नहीं हटाया गया?"

"वक्त बर्बाद करने से कोई फायदा नहीं।" बूढ़े ने कहा।

"फाइल देखूँ जरा।" मोराको ने बूढ़े की तरफ हाथ बढ़ाते हुए कहा।

"कौन हो तुम?" बूढ़े ने मोराको की तरफ देखते हुए तेज आवाज में पूछा।

“मोराको सर।”

“तुम मोराको नहीं हो सकते।” बूढ़े ने उसे घूरते हुए कहा, “उसके हाथ में अँगूठा नहीं है।”

जवाब में मोराको ने माउजर निकाल ली और बूढ़े की तरफ तान दी। इसके बाद उसने कहा, “सही कहा आपने मिस्टर विंस्टन, मैं मोराको नहीं हूँ... मैं हूँ इंस्पेक्टर कुमार सोहराब।” इसके साथ ही सोहराब ने अपना मेकअप हटा दिया।

“हुर्रे!” सार्जेंट सलीम ने नारा लगाया।

“लाइए फाइल चुपचाप हमारे हवाले कर दीजिए, यह मेरे देश की अमानत है।” इंस्पेक्टर कुमार सोहराब ने कहा।

“यह तुम्हारे देश की अमानत कैसे हो गयी मिस्टर सोहराब, बैडरोल इसे खुद चुराकर भागा था।”

इंस्पेक्टर सोहराब उससे फाइल छीनने के लिए कुर्सी से उठा ही था कि बूढ़े ने फाइल को आतिशदान में फेंक दिया।

बूढ़े के फाइल आतिशदान में फेंकते ही इंस्पेक्टर सोहराब तेजी से फाइल उठाने के लिए आतिशदान की तरफ झपटा।

फाइल आग में गिरते ही जल उठी। इसके साथ ही कमरे में गहरा सफेद धुँआ तेजी से फैलने लगा। तभी एक धमाका हुआ और सफेद धुँआ पीला हो गया।

सोहराब ने पलटकर बूढ़े की तरफ देखा। अपाहिज नजर आने वाला बूढ़ा तेजी से उठकर भागा। सोहराब ने उसकी तरफ वहीं से छलाँग लगायी, लेकिन बूढ़ा उसकी पकड़ में नहीं आया। वह काफी फुर्तीला साबित हुआ था।

सोहराब तेजी से उठा और जेब से व्हिसल निकालकर बजाने लगा।

बैडरोल और हिटलर

फंटूश रोड की उस पुरानी कोठी पर इस वक्त ढेरों पुलिस वाले मौजूद थे। पीला धुँआ छट चुका था। इंस्पेक्टर कुमार सोहराब, सार्जेंट सलीम और जैसीना उर्फ इंस्पेक्टर रोजी बैठे हुए थे। सार्जेंट सलीम बड़े ध्यान से जैसीना उर्फ रोजी की तरफ देख रहा था। कुछ देर बाद ही खुफिया विभाग का सुप्रिंटेंडेंट भी आ गया।

सुप्रिंटेंडेंट ने आते ही कहा, "वेलडन सोहराब! तुमने काफी कम वक्त में एक बहुत पेचीदा केस हल कर डाला।"

"शुक्रिया, लेकिन विंस्टन भागने में कामयाब रहा; हमारे दो लोग भी मारे गये। मैंने बिल्डिंग की घेराबंदी करा रखी थी। विंस्टन ने कोठी की छत पर कुछ लोगों को छुपा रखा था, उन्होंने अचानक गोलीबारी शुरू कर दी। इसका फायदा उठाकर विंस्टन भाग निकला और हमारे दो पुलिस अफसरों की जान भी चली गयी।"

"इसका हमें भी अफसोस है।" सुप्रिंटेंडेंट ने गमगीन लहजे में कहा।

कुछ देर हाल में खोमोशी छायी रही। इसके बाद सुप्रिंटेंडेंट ने इंस्पेक्टर सोहराब की तरफ देखते हुए कहा, "मैं पूरे केस के बारे में जानने के लिए बेचैन हूं।"

इंस्पेक्टर सोहराब ने बताना शुरू किया, "कहानी की शुरुआत सदी भर पीछे से होती है। दूसरे विश्व युद्ध के शुरू होने से पहले की बात है, जर्मनी के

तानाशाह एडोल्फ हिटलर ने अपने देश के बड़े फौजी अफसरों और वैज्ञानिकों की एक मीटिंग बुलायी। मीटिंग में उसने पूछा कि अगर युद्ध लम्बा चलता है तो देश में किस चीज की कमी परेशानी पैदा कर सकती है। अफसरों ने उसे बताया कि जर्मनी में सब कुछ पर्याप्त मात्रा में है, लेकिन अगर युद्ध लम्बा खिंचता है तो पेट्रोल की दिक्कत आ सकती है।"

कुछ देर खामोश रहने के बाद इंस्पेक्टर सोहराब ने दोबारा बताना शुरू किया, "उसने अपने वैज्ञानिकों को इसका विकल्प तैयार करने को कहा। उसके वैज्ञानिकों ने पत्थर वाले कोयले से पेट्रोल बनाने की तरकीब ढूँढ निकाली। जर्मनी में कोयले से पेट्रोल बनाया जाने लगा। इस फार्मूले में दिक्कत यह थी कि कोयले से बना पेट्रोल बहुत महँगा पड़ता था। हिटलर ने वैज्ञानिकों की एक टीम को सस्ता पेट्रोल बनाने के लिए रिसर्च पर लगाया। इसके बाद नमक से ईंधन बनाने पर रिसर्च शुरू हुई। इस बीच दूसरा विश्वयुद्ध शुरू हो चुका था।"

"लेकिन इस सबका इस केस से क्या वास्ता?" सुप्रिटेंडेंट ने इंस्पेक्टर सोहराब को टोका।

"बताता हूँ।" सोहराब ने कहा, "नमक से ईंधन बनाने पर वैज्ञानिकों की जो टीम शोध कर रही थी, उसमें अपने देश का एक जूनियर साइंटिस्ट भी शामिल था। उसका नाम था बदरुल। वह ज्यादा पैसे के लालच में जर्मनी चला गया था। जर्मनी में उसके साथी उसे बैडरोल के नाम से पुकारते थे, रिकॉर्ड में भी यही नाम दर्ज था। युद्ध में जर्मनी की हार के बाद बदरुल वहाँ से भाग निकला। वह अपने साथ रिसर्च की फाइल भी ले भागा था। उस वक्त अपने देश में अंग्रेजों की हुकूमत थी और जर्मनी के भगोड़ों को युद्ध-अपराधी घोषित किया जा चुका था। बदरुल कई देशों से घूमता हुआ लौट आया और गीतमपुर कस्बे में आकर छुपकर रहने लगा। उसने वहाँ शादी भी कर ली और खामोशी से जिंदगी बसर करने लगा।"

"इंट्रेस्टिंग।" सुप्रिटेंडेंट ने सिगार जलाते हुए कहा।

इंस्पेक्टर सोहराब ने आगे की दास्तान बताना शुरू किया, "जब बदरुल वहाँ से भागा था तो नमक से ईंधन बनाने की रिसर्च शुरुआती दौर में ही थी। वह चुपचाप गीतमपुर में उस पर शोध करने लगा। उसे उम्मीद थी कि एक दिन वह कामयाब हो जायेगा और इस फार्मूले के जरिये अरबों कमायेगा। अचानक ही उसकी रहस्यमयी हालात में मौत हो गयी। वह अपने कमरे में मृत पाया

गया। वक्त गुजरता गया... इस बीच जर्मनी में कुछ पुराने कागजात के जरिये इस रिसर्च के बारे में पता चला। खोजबीन शुरू हुई तो बदरुल का भी पता चल गया; यह भी मालूम चल गया कि वह फाइल लेकर फरार हो गया था। इसकी जानकारी जर्मनी में तैनात अपने-अपने जासूसों से दो देशों को भी हुई। उन्होंने अपने एजेंटों के जरिये बदरुल की तलाश शुरू करायी। जल्द ही उन्हें पता चल गया कि वह कई देशों से होते हुए अपने मुल्क भाग आया था।"

इसके बाद सोहराब खामोश हो गया, जैसे वह कड़ियाँ जोड़ने की कोशिश कर रहा हो। कुछ देर बाद उसने फिर बताना शुरू किया, "एक देश ने रिसर्च वाली फाइल हासिल करने के लिए विंस्टन की अगुवाई में जासूसों की एक टीम हमारे मुल्क में भेज दी। दूसरे देश ने भी रिबाका उर्फ सोफिया की अगुवाई में टीम भेजी। सोफिया की अगुवाई में भेजी गई टीम में दो जुड़वा जासूस बहनें भी थीं। वह इस कदर हमशक्ल थीं कि अच्छा-अच्छा धोखा खा जाये। दोनों हमशक्लों को भेजने का मकसद शायद यह था कि एक बहन राजधानी में मौजूद रहे तो दूसरी बदरुल के घर को तलाश करती रहे, ताकि किसी तरह का शुबहा न हो। जल्द ही विंस्टन को पता चल गया कि कोई और देश भी है, जो उसे क्रॉस कर रहा है। उसने बड़ी बहन फारिया को कत्ल करा दिया। यहाँ की पुलिस को उलझाने के लिए पीला तूफ़ान का सहारा लिया गया। जिस दिन पीला तूफ़ान आया था, उस दिन आसमान पर बादल छाये हुए थे। विंस्टन ने शहर के अलग-अलग हिस्सों में अपने आदमियों से एक खास गैस से भरे गुब्बारे हवा में छुड़वाये। जब गुब्बारे ऊँचाई पर पहुँच गये तो उन्हें रायफल से फोड़ दिया गया। उस गैस के रियेक्शन से बादलों का रंग पीला हो गया। उन्होंने फारिया को पहले ही पकड़ रखा था। इस तमाशे के बाद फारिया को कत्ल करके उसके शरीर पर पीला पेंट कर दिया गया ताकि पुलिस उलझ जाये।"

"कत्ल की कोई वजह तो पोस्टमार्टम रिपोर्ट में मिली नहीं थी... और लाश को कोतवाली के सामने फेंकने की वजह क्या थी?" सुप्रिटेंडेंट ने पूछा।

"उत्तरी अमरीका में एक मेढक पाया जाता है, उसे एरो पायजन मेढक कहते हैं। यह बहुत जहरीला होता है। आदिवासी इस जहर का इस्तेमाल तीरों पर लगाकर शिकार के लिए करते हैं, यही वजह है कि इस मेढक का नाम एरो पायजन पड़ गया। फारिया को मारने के लिए इसी जहर का इस्तेमाल किया गया था। यह जहर बहुत तेज होता है और इसकी एक खूबी यह भी है कि कुछ घण्टों

बाद इस जहर के सारे लक्षण खत्म हो जाते हैं, यानी यह पता करना मुश्किल होता है कि मौत कैसे हुई है।”

“ओह अद्भुत!” सुप्रिटेंडेंट ने कहा।

“जब फारिया की हत्या हुई और विंस्टन ने उसकी लाश किसी सुनसान जगह पर फिंकवा दी, तो रिबाका ने उसकी लाश कोतवाली के सामने रखवा दी, ताकि पुलिस इस मामले को गम्भीरता से ले।” इंस्पेक्टर सोहराब ने बात जारी रखते हुए कहा, “चूँकि फाइल की तलाश अवैध तरीके से की जा रही थी, इसलिए रिबाका सामने नहीं आ सकती थी। कुछ दिनों बाद बूढ़े विंस्टन ने छोटी बहन मारिया को भी मरवा दिया। रिबाका ने उसकी लाश पुलिस कमिश्नर के दफ्तर के सामने फेंकवा दी, इसके बाद ही यह केस खुफिया विभाग को ट्रांसफर हो गया।”

“फिर क्या हुआ?” सुप्रिटेंडेंट ने पूछा।

“रिबाका एक दिन सलीम से भी मिली थी, वह डांस ट्रेनर के तौर पर मिली थी और अपना नाम सोफिया बताया था। सोफिया को यह नहीं बता था कि इन हत्याओं के पीछे विंस्टन था। उसने सार्जेंट सलीम को उल्लू जैसी शक्ल वाले एक आदमी के बारे में भी इशारों में बताया था। हम उल्लू जैसी शक्ल वाले आदमी के पीछे लग गये थे। चालाक विंस्टन को जैसे ही इसका पता चला, उसने उसे भी कत्ल करा दिया।”

“यह तीसरी हमशक्ल का क्या मामला है?” सुप्रिटेंडेंट ने रोजी की तरफ देखते हुए मुस्कुराकर पूछा। वह अब भी मेकअप में ही थी।

“शुरुआत में हमारे पास कोई क्लू नहीं था, लेकिन इतना समझ आ गया था कि हमशक्ल लड़कियाँ जरूर इस मामले में अहमीयत रखती हैं। मैंने खुफिया विभाग की इंस्पेक्टर रोजी को मेकअप से तीसरी हमशक्ल बना दिया और उसे होटल में ठहराकर सार्जेंट सलीम को ड्यूड होल बनाकर उसकी हिफाजत में तैनात कर दिया। मेरी यह ट्रिक काम कर गयी। नतीजा यह हुआ कि विंस्टन और रिबाका दोनों रोजी उर्फ जैसीना के पीछे पड़ गये, इस तरह से विंस्टन और रिबाका हमारी नजरों में आ गये।”

“रोजी के बारे में मुझे धोखे में रखा गया।” सार्जेंट सलीम ने शिकायती लहजे में कहा।

“रोजी को तो पता था कि ड्यूड होल के भेस में सलीम है, लेकिन बर्खुरदार

आपको इसलिए नहीं बताया था, ताकि आप बेहतरीन अदाकारी कर सकें यकीन मानिए आपने बहुत बेहतरीन काम किया है।" इंस्पेक्टर सोहराब ने उसकी तरफ तारीफी नजरों से देखते हुए कहा।

"विंस्टन रिसर्च फाइल तक कैसे पहुँच गया? यह आसान तो नहीं था।" सुप्रिटेंडेंट ने पूछा।

"विंस्टन काफी दिनों से यहाँ था। उसकी कई टीमें काम कर रही थीं। उन्होंने किसी तरीके से बदरुल के घर का पता लगा लिया था। इन दिनों गीतमपुर में बदरुल का बूढ़ा बेटा और दो पोते रहते हैं। उन्हें इस फाइल के बारे में कुछ भी नहीं पता था, क्योंकि बदरुल ने यह बात सभी से छिपाकर रखी थी; उसे डर रहा होगा कि अगर बात खुली तो फिर उसका सारा कच्चा चिट्ठा सामने आ जायेगा। विंस्टन ने बदरुल के घर में चोरी करा डाली और वहाँ से बदरुल का सारा सामान उठवा लिया था, उसी में उसे रिसर्च की फाइल मिल गयी।"

"आप पिन देखकर क्यों चौंके थे?" सार्जेंट सलीम ने पूछा।

"दरअस्ल एरो पायजन सोने के साथ सम्पर्क में आने पर ज्यादा तेज हो जाता है, कत्ल करने में इसीलिए सोने की पिन का इस्तेमाल किया जा रहा था। पिन के हेड पर एक ब्रांड का निशान था, इससे हमने विंस्टन के देश का पता लगा लिया था, यह हमारे लिए पहला क्लू था।"

"और यह अण्डे...?" सुप्रिटेंडेंट ने मेज पर रखे उबले अंडों की तरफ इशारा करते हुए पूछा।

"विंस्टन बहुत चालाक था, वह मैसेज लाने ले जाने के लिए फोन का इस्तेमाल नहीं करता था; उसे डर था कि वह ट्रेस हो सकता है। इन उबले अण्डों पर फिटकिरी के गाढ़े घोल से लिखा जाता था, ऊपर से यह सफेद ही नजर आते थे... जब इन्हें छीला जाता तो मैसेज अंदर साफ नजर आने लगते थे।"

"एक आखिरी बात... तुम यहाँ अचानक कैसे पहुँच गये?" सुप्रिटेंडेंट ने इंस्पेक्टर सोहराब से पूछा।

"इस कोठी पर हमारी काफी दिनों से नजर थी। यहाँ आ रहे मोराको को मैंने कोठी में जाने से पहले ही अगवा कर लिया, उसके बाद उससे कई जरूरी जानकारी उगलवाने के बाद मैंने मोराको जैसा मेकअप किया और यहाँ हाजिर हो गया।" इंस्पेक्टर कुमार सोहराब ने बताया।

"तुम लोगों ने तो कमाल कर दिया।" सुप्रिटेंडेंट ने उठते हुए कहा।

*　*　*

कुमार रहमान